Death of a Salesman

推销员之死

阿瑟·米勒 著　英若诚 译

上海译文出版社

目　录

导言

美国戏剧的良心：阿瑟·米勒

在当代美国剧作家当中，自尤金·奥尼尔于一九五三年逝世后，最受西方重视的当属阿瑟·米勒、田纳西·威廉斯和爱德华·阿尔比三人。阿尔比属于荒诞派之列。米勒和威廉斯则接近现实主义，他俩都在探讨"人生意义"，但两人的创作方法迥然不同。威廉斯以《玻璃动物园》、《欲望号街车》和《热铁皮屋顶上的猫》三剧赢得了国际声誉，是一位斯特林堡式的作家；他侧重情感，注重剖析人的境遇和精神状态，而其笔下的人物也多半是精神上深受压抑或遭到社会排斥的底层人物。威廉斯力求通过剧作来揭示当代美国的社会病态，探讨人生的真正价值。米勒则以《推销员之死》、《萨勒姆的女巫》和《桥头眺望》等剧获得国际声誉，是一位易卜生式的社会剧作家；他着重理智，关怀整个人性。他认为舞台应是一个比单纯娱乐更为重要的传播思想的媒介，应为一个严肃的目标服务。

阿瑟·米勒本人曾说"艺术应该在社会改革中发挥有效作用"[1]，"伟大的戏剧都向人们提出重大问题，否则就只不过是纯艺术技巧罢了。我不能想象值得我花费时间为之效力的戏剧不想改变世界，正如一个具有创造力的科学家不可能不想证实各项已知事物的正确性"[2]。

一

阿瑟·米勒一九一五年十月十七日出生于纽约。父亲是犹太裔的妇女时装商，于三十年代初美国经济大萧条时期破产；母亲是中学教员，为此只好靠变卖她的首饰维持家庭生计，渡过难关。米勒中学毕业后到一家汽车零件批发公司工作了两年，积攒些钱后进入密歇根大学新闻系和英文系学习，开始试写剧本，并两次获得校

[1] 阿瑟·米勒：《时移世变》(自传)，格罗夫出版社，第93页。
[2] 阿瑟·米勒：《时移世变》(自传)，第180页。

2

内霍普沃德写作竞赛戏剧奖。在校内，他为了获得生活补助金，曾在生物试验室任养鼠员，并在学生主办的校园《日报》社担任记者和编辑。一九三八年，他获文学学士学位，从该校毕业后，一九四一年至一九四四年期间，他在一家制盒工厂干活，后又在海军船坞充当安装技工的助手，同时为哥伦比亚广播公司和全国广播公司撰写广播剧。他还当过卡车司机、侍者、面包房送货员、仓库管理员和电台歌手。一九四四年，他到陆军十一营为电影《大兵故事》收集素材，出版了报告文学《处境正常》，同年《鸿运高照的人》问世，这是他第一部在百老汇上演的剧本。

一九四七年，米勒的剧本《都是我的儿子》上演，获纽约剧评界奖，使他一举成名。这是一出易卜生式的社会道德剧，写一家工厂老板在第二次世界大战期间向军方交付不合格的飞机引擎的汽缸，致使二十一名飞行员坠机身亡。他嫁祸于人，虽然逃脱了法律制裁，却受到良心的谴责。最后他认识到那些丧命的飞行员"都是我的儿子"，遂饮弹自尽。

接着，《推销员之死》于一九四九年发表，在百老汇连续上演了七百四十二场，荣获普利策奖和纽约剧评界奖，从而使米勒赢得国际声誉。剧本叙述一名推销员威利·洛曼悲惨的遭遇。威利因年老体衰，要求在办公室里工作，却被老板辞退。他气愤地说："我在这家公司苦苦干了三十四年，现在连人寿保险费都付不出！人不是水果！你不能吃了橘子扔掉皮啊！"（剧中一直没有交代他在推销什么，有人问作者，他说："威利在推销他自己。"）威利在懊丧之下，责怪两个儿子不务正业，一事无成。儿子反唇相讥，嘲笑他不过是个蹩脚的跑街罢了。老推销员做了一辈子美梦，现在全都幻灭了，自尊心受到严重挫伤。他梦呓似的与他那已故的、在非洲发财致富的大哥争论个人爱好的事业，最后他为了使家庭获得一笔人寿保险费而在深夜驾车外出撞毁身亡。全剧手法新颖，无需换景，借助灯光即可随时变换时间和地点。剧中现在和过去的事相互交错。这出戏在一定程度上批判了美国的商业竞争制度。

　　五十年代初，米勒改编的易卜生的《人民公敌》上演，也获得好评。当时美国麦卡锡主义兴起，米勒于一九五三年根据北美殖民地时代的一桩株连无数人的"逐巫案"写出了历史剧《炼狱》，以影射当时非美活动调查委员会对无辜人士的迫害。这一时期，米勒因早期参与左翼文艺活动而屡次受到非美活动调查委员会的传讯。一九五七年，他因拒绝说出以前曾和他一起开过会的左派作家和共产党人的名字而被判"蔑视国会"罪，处以罚金和三十天徒刑，缓期执行，直到一九五八年八月上诉法院才将这一罪名撤销。这一时期，他还写了一出反映三十年代美国职工生活、带有自传性的感伤独幕剧《两个星期一的回忆》和一出反映意大利籍工人在美国的不幸遭遇的两幕悲剧《桥头眺望》。米勒于一九五六年和一九五九年先后获密歇根大学荣誉文学博士学位和美国全国文学艺术研究院金质戏剧奖章。

一九五五年米勒和妻子玛丽·斯赖特瑞离婚，次年与好莱坞名演员玛丽莲·梦露结婚。一九六〇年他把自己的一个短篇小说改编成同名电影剧本《乱点鸳鸯谱》，由梦露和克拉克·盖博主演。一九六一年电影拍摄完成后，两人因性格悬殊而离婚。一九六二年他与奥籍摄影家英格博格·莫拉斯结婚。

一九六四年米勒发表了一出反映现代人在社会上生存问题的自传性色彩相当浓厚的剧本——《堕落之后》。剧情是一名律师昆廷因两次婚姻失败，回忆他和两个离了婚的妻子之间的爱恨交织的关系，以及新近相识的奥籍考古学家霍尔佳给他带来恢复生活信心的希望。剧中还穿插了昆廷回忆自己的父母之间的纠葛，纳粹集中营的惨状和非美活动调查委员会对左翼知识分子的传讯。昆廷经过对生活经历的反思领悟到人类自从亚当犯了原罪堕落之后，就具有犯罪的本能和残杀成性、背信弃义等品质；人只认识到爱是远远不够的，更需要面对生活而无所畏惧。有些西方评论家认为米勒敢于暴露自己的灵魂而写出了一部意义深远的自传体文献，堪与奥尼尔的《长夜漫漫路迢迢》相并列而无愧。但是，剧中的当红歌星玛吉痛恨那些围在她周围的人只知让她为他们挣钱而丝毫不知感恩，并且影响她不能成为一名优秀的艺术家，加上她与昆廷结合后，因性格各异，时常发生顶撞，以致她厌倦生活，最后吞服安眠药自杀。玛吉俨然是玛丽莲·梦露的化身，剧情中也有多处可同米勒的往事相印证，因此有些西方评论家认为米勒在距离梦露死去不到一年半光景就把夫妇私情以戏剧方式赤裸裸地公之于世似嫌不符忠厚之道。例如剧评家罗勃特·布鲁斯就坦称此剧为"一个不足道的剧本，不匀称，冗长乏味而混乱"，并讥讽米勒是"在跳精神上的脱衣舞，而乐队却伴奏着'是我的错'的节奏"。① 米勒本人认为这个剧本一时不易让人理解，但迟早会被公认为他的最佳之作。

同年，他还发表了一个独幕剧《维希事件》，进一步探讨了前一出戏的主题——人与他所憎恶的邪恶之间的关系，人类理智的沦亡和道义价值的丧失。这出戏描写德国法西斯分子在法国维希的一个拘留所里审讯犹太人时骇人听闻的情景。米勒认为大多数观众能理解这出戏不只是一个战争时期的故事，其中根本的争论点同我们当今活着的人息息相关，而且它必然涉及我们每个人同非正义和暴力之间的关系。

一九六五年至一九六九年，米勒连任两届国际笔会主席，曾多次投入拯救被关押的国内外同行的活动，如尼日利亚剧作家兼诗人渥雷·索因卡一九六六年曾被政府当局拘捕，有被处死的危险，就是经过米勒出面营救才得以获释的，后来索因卡在一九八六年荣获诺贝尔文学奖。

一九六八年，他发表的心理问题剧《代价》描写兄

①《新共和》杂志第 150 期，1964 年，第 26—30 页。

弟俩因所走的道路不同而产生的隔阂，对当代西方人盲目追求物质生活的现象作了一定程度的谴责。一九七二年他发表的《创世记和其他事业》是一出以漫画手法重述《圣经》中亚当和夏娃以及该隐杀弟的故事。剧名中的"其他事业"涉及当今舞台上追求"噱头"的喜剧。该剧虽是一出轻喜剧，却在每场提出一个哲理问题，如"人在需要正义的时候，上帝为什么继续制造非正义"等。全剧可以说是上帝和撒旦之间关于善恶性质的一场争论，而以《创世记》故事阐明各自的立场。米勒以讽刺的笔触使魔鬼在两者之间显得更具魅力，有时像人类的普罗米修斯，有时又颇像人间狂暴的独裁者。此剧受到西方剧评家的攻击，仅上演了十二场。米勒对此不服，次年又把它改编成音乐剧《来自天堂》，在他的母校密歇根大学公演。米勒于一九七二年当选为民主党全国大会代表。

一九七七年，他发表了《大主教宅邸的顶棚》，剧情是东欧某个国家一位知名作家由于写了一封信给联合国谴责自己国家内部的弊端而要么流亡，要么等待以叛国罪受审。最后他决定留下来，把部分手稿委托一位美国作家朋友偷运出去，尽管那位朋友可能会遭到当局的逮捕。场景是一间曾是大主教宅邸的房间，剧中人都相信顶棚装有窃听器。米勒借此隐喻人对自己的命运无法确知，人际关系的复杂，以及人不可轻信他人。

八十年代初，米勒受美国作家斯特兹·特克尔《艰难的日子：一部关于大萧条时期的口述历史》（一九七〇）一书的启发，写出一部以三十年代美国经济大萧条为背景的社会剧《美国时钟》，目的是使年轻一代美国人了解美国那一段悲惨的历史。一九八〇年，他还把以色列歌唱家法尼亚·费娜隆的回忆录改编成了一部电视剧《为了生存的演奏》，内容完全依据历史事实：法尼亚·费娜隆是一位有一半犹太血统的法国艺人，二次大战中被关进奥斯威辛集中营，由于她是巴黎夜总会的名歌星，集中营的女管理员发现后把她编入由女犯人组成的乐队，为纳粹军官演出。费娜隆因此而得以避免葬身煤气室的命运。费娜隆在战后定居以色列，一九七八年出版了她的回忆录，此书曾轰动一时，各国犹太人团体都曾借重她作为希特勒迫害犹太人的见证，抗议纳粹势力的复苏。但该片由于让一位公开反对以色列而支持巴勒斯坦的美国女明星范尼莎·赖特格莱主演，引起犹太人抗议的风波，后经多方磋商，才得以播出。西方评论界基本上对该片予以肯定，认为它是一部揭露希特勒排犹罪行、为犹太民族伸张正义的电视剧。

一九七八年，米勒夫妇来华访问，同我国戏剧界同行切磋艺事，回国后出版了一本反映中国人民生活的图文并茂的《访问中国》。一九八一年，上海人民艺术剧院上演了由黄佐临同志导演，米勒自己推荐的《炼狱》（演出时改名为《萨勒姆的女巫》）一剧。一九八三年，米勒再度来华，亲自导演了他的名剧《推销员之死》，由北京人民艺术剧院上演，获得很大成功。一九八四年，他出版了《"推销员"在北京》一书，记述了他在北京执导《推销员之死》一剧的经过，阐述了他对戏剧的精辟见解。

一九八二年，他发表的两个独幕剧《某种爱情故事》和《献给一位女士的哀歌》没有引起西方戏剧界的重视。两剧后在英国以《两面镜》为书名于一九八四年出版。一九八七年，他又推出两部独幕剧《往事如烟》和《克拉拉》，以《危险：回忆！》为书名出版。这两出戏于一九八七年二月八日开始在林肯艺术中心上演，受到好评。《往事如烟》描写两位老人之间的故事。女主人公莉奥诺拉是个阔寡妇，当她看到当今文明世界充斥着野蛮暴行和狂言时，感到幻想破灭，一切无望，遂到苏格兰隐居，有意想把现实中的严酷事实从记忆中驱逐出去。一天，她回到康涅狄格州乡间拜访老朋友利奥，晚餐时两人发生了争执。利奥是个共产党人，坚持致力于他的政治事业，拒绝放弃信仰，对世界的未来充满希望。利奥同莉奥诺拉猜字谜时，诙谐地阐明了他对人类的看法，言谈中对她做出了巧妙的挑战。《克拉拉》一剧描写有关一起谋杀案的审讯。女社会工作者克拉拉被人暗杀，而凶犯又很可能是曾被她"平反昭雪"的罪犯之一，警察当局严厉盘问克拉拉的父亲，以图从他口中获取一些线索，但克拉拉的父亲始终对女儿的生活守口如瓶，不肯透露。剧中还穿插了对越南战争和大屠杀的回忆等等。米勒说，这两出戏写的是"人们力图忘记过去，以及人们有意为忘却痛苦而采取的办法，但是这有时又会使你感到如负重罪，痛苦难熬，压得你喘不过气来"。显然米勒写此两剧旨在揭示当今西方世界的复杂的人际关系以及频频出现的暴力现象。

一九八七年，米勒还发表了他的长达五十余万字的自传《时移世变》，对他所走过的漫长曲折而又丰富多彩的生活和艺术道路做了深沉的回顾和反思，随带着也对人生、社会和历史做出了严肃的思考。书中有一段记载他一九八四年荣获华盛顿肯尼迪艺术中心荣誉奖，出席国务院招待肯尼迪荣誉奖获得者的宴会，官方主人是乔治·舒尔茨国务卿。由于国务院餐厅正在翻修，临时改在坎农办公大楼一间餐厅里举行，米勒恍惚觉得以前曾经来过那间屋子，后来发现那正是当年非美活动调查委员会审讯他的那间屋子，使他不禁感慨万千。米勒写道：

> 看来唯一使我有所感的是一种讽刺意味：一想到当年就是在这间屋子里，热浪滚滚的煤气曾经朝我迎面扑来，真叫我觉得这种讽刺冰冷得像金属块一样。我环视那些兴高采烈的来宾，那位容光焕发、面带微笑的国务卿，以及其他几位获此殊荣的知名人士，再一次觉得自己是个朝里张望的局外人，甚至觉得这一切不像是真的。我料想这大概是因为我体验过当年那种冷酷无情的排斥，势必不会轻易地就在这样的典礼盛会上领受对我如此和谐的祝贺。不

过，我还是能——怀着几分热情——享受这种兴高采烈的场面。也许我有一种幻觉，认为自己已经不再畏惧权势，已经跟它够接近了，足以认清权势所拥有的一切没有什么是我可要的。我以前对这个制度持续不断的善行所怀有的不少信念，现在也在内心泯灭了。在这两次场合中，唯一没有变化的是那面国旗，它如今挂在墙边的旗杆上面，也许就是当年挂在沃尔特议员脑袋后边的那一面；我回想起当时它如何叫我尽管放心，虽然我明白它对世间许多别人来说，象征着残酷的富裕和傲慢的蒙昧。但是，怎样才能在我这一生当中把这一切连贯起来呢？或许我只好满足于把这看成全是一场梦，一场不断流放和不断回归的梦吧。①

进入九十年代，米勒为避免他所谓的百老汇的"黑色失败主义"，开始在英国伦敦首演他一九九一年写的新剧《驶下摩根山》。剧中描述一个颇有声望的商人莱

---

① 阿瑟·米勒：《时移世变》（自传），第452页。

曼·费尔特驾车在摩根山上失事；他躺在纽约北部一家医院的病床上，他的两个妻子都去看望他，首次在病床边相遇，使他十分尴尬，从而在昏迷中进行反思，认识到自己所犯重婚罪的不可饶恕以及背叛行为的可耻。结局是两个妻子和他的子女都抛弃了他。评论界对此剧褒贬不一。米勒本想把此剧写成一部道德喜剧，却似乎没有达到预期目的。一九九三年和一九九四年，米勒又先后发表了独幕剧《最后的美国佬》和两幕剧《破碎的镜子》，进一步探讨了西方世界人与人之间的疏离、人的自我否定以及人对往事的遗忘等等事实。米勒在《破碎的镜子》一剧中再次以鉴古知今的手法提醒人们勿忘当年希特勒迫害犹太人的罪行，对当今法西斯主义复苏的趋势勿持旁观态度。此剧获英国一九九五年度奥立弗最佳戏剧奖。

二

一般认为，《推销员之死》、《萨勒姆的女巫》、《两个星期一的回忆》、《桥头眺望》和《美国时钟》为阿瑟·米勒比较主要的剧作。

《推销员之死》

　　《推销员之死》是米勒第一部获得普利策奖的成功之作，也是使他享有国际声誉的代表作。此剧虽获得许多嘉奖，受到观众欢迎，但是当时也遭到不少攻击。报刊上出现许多从政治、社会和心理角度评论它的文章。有的认为此剧虽有批判美国商业制度的意图，但其结果不过是描绘了一个小人物的潦倒失败而已。另一右派刊物称它为"一枚被巧妙地埋藏在美国精神大厦内的定时炸弹"。还有的把米勒看成是"一个被悲剧所迷惑的马克思主义者"，称此剧是"共产党的宣传"。美国《工人日报》也认为它是一出内容颓废的戏。西班牙上演此剧后，天主教派报刊甚至把它视为"不信仰上帝的灵魂遭到幻灭的明证"。①

　　但是，美国某一推销员协会却把作者奉为自己的守护神，而另有一些推销员商会则抱怨说，由于它的影响，使他们在招聘新推销员时遇到了困难。好莱坞曾不惜耗资百万把它拍成电影，却又害怕它在社会上引起不

---

　　① 罗伯特·阿·马丁编《阿瑟·米勒戏剧散文集》，维京出版社，1978年，第140页。

良后果，挖空心思在正片前加演一部文献纪录片，特意说明推销业对社会经济是多么地重要，推销员的生活是多么有保障，而正片中的主角只不过是极其个别的例子而已。

米勒在与《纽约时报》记者的一次谈话中强调他写此剧的主要动机是想"维护个人的尊严"。他还在一篇文章中说，此剧"自始至终贯串着一个人在世态炎凉的社会中生存的景象。那个世界不是一个家，甚至也不是一个公开的战场，而是一群克服失败的恐惧、前途无量的人物的盘踞地"①。一九八三年，米勒在北京时又说："我是要探索如何通过一出戏反映社会、家庭和个人的现实，以及人的梦想。写这出戏时，我抛开了一切顾虑，只追求写出反映真实的内容……这出戏一直保持着它的影响，因为它反映了这个混乱的现代社会中各种自相矛盾的现象，包括精神生活方面的自相矛盾。"② 在他的自传中，米勒还透露道：

---

① 罗伯特·阿·马丁编《阿瑟·米勒戏剧散文集》，维京出版社，1978年，第143页。

②《阿瑟·米勒在〈外国戏剧〉编辑部做客》一文，北京《外国戏剧》，1983年，第3期，第7页。

我在写作过程中嗤嗤发笑，主要是针对威利那种彻头彻尾自相矛盾的心理，正是在这种笑声中突然有一天下午冒出了这出戏的剧名。以往有些剧本，诸如《大主教面临死亡》、《死亡和处女》四部曲等——凡是剧名带有"死"这个字眼儿的戏素来都是既严肃又高雅的，而现在一个诙谐人物，一大堆伤心的矛盾，一个丑角，居然要用上它啦，这可真有点叫人好笑，也有点刺目。对，我的脑海里可能隐藏着几分政治；当时到处弥漫着一个新的美利坚帝国正在形成的气氛，也因为我亲眼见到欧洲渐渐衰亡或者已经死亡，所以我偏要在那些新头目和洋洋自得的王公面前横陈一具他们的信徒的尸体。在这出戏首演那天晚上，一个女人，我姑且隐其名，愤恨地把这出戏称作"一枚埋在美国资本主义制度下面的定时炸弹"；我倒巴不得它是，至少是埋在那种资本主义胡扯的谎言下面，埋在那种认为站在冰箱上便能触摸到云层、同时冲月亮挥舞一张付清银行购房贷款的收据而终于成功之类的虚假生活下面。[1]

总之，米勒在此剧中有意无意地戳穿了美国社会流行的人人都能成功这一"美国梦"的神话。

《萨勒姆的女巫》

《萨勒姆的女巫》描写的是一六九二年在北美马萨诸塞州萨勒姆镇发生的迫害"行巫者"的案件。当时那里居住着一支盲信的教派（清教徒），形成一种政教合一的统治，他们排斥异教徒，制定了自己的清规戒律，禁止任何娱乐活动，实行禁欲主义。一场"逐巫案"就是在这种基础上发生的，而在这场骗局的背后则是富豪们对土地的吞并和掠夺，结果酿成了萨勒姆镇的一场四百多人被关进监狱、七十二人被绞死的悲剧。米勒在此剧中成功地塑造了男主人公普洛克托的英勇形象，他被人诬陷，遭宗教法庭处以重罪投进地牢。他虽有强烈的求生欲望，却不愿以出卖朋友、出卖灵魂为代价换取屈辱的生存，最后毅然走上绞刑架。他以自己的死严正宣

---

[1] 阿瑟·米勒：《时移世变》（自传），第184页。

告了人的尊严和正直的美德是不可侮的，因而也是不可战胜的；而宗教束缚和神权压迫则违背人性，是反人道反科学的，因而是腐朽的，必然会灭亡的。

五十年代初美国麦卡锡主义猖獗一时，米勒本人也屡次受到非美活动调查委员会的传讯，并被判处"藐视国会"罪。因此，关于《萨勒姆的女巫》，西方一般剧评家都认为米勒是有意识地借这部关于宗教迫害的剧本影射当时非美活动调查委员会对无辜人士的政治迫害。米勒承认有此意图，但强调此剧具有远比只是针砭一时的极右政治更为深远的道德涵义，旨在揭露邪恶，赞颂人的正直精神。美国剧评家马丁·哥特弗里德认为此剧"可与米勒自己在美国众议院非美活动调查委员会上作证时英勇不屈、慷慨陈词的表现相提并论。作为一部戏剧作品，它结构匀称，充满激情；作为一部伸张正义的作品，它具有一种罕见的庄严气氛"。

《萨勒姆的女巫》于一九五三年在美国纽约上演后，受到观众热烈的欢迎，荣获安东纳特·佩瑞奖。一九五七年，法国著名作家让-保罗·萨特把它改编为电影剧本。一九六二年，苏联斯坦尼斯拉夫斯基剧院在排演时强调了剧作的现代影响：爱好自由的人类精神对抗邪恶和反动势力的胜利。一九六五年，英国老维克剧团由著名戏剧家劳伦斯·奥立弗执导并主演此剧，轰动一时。此剧还曾在其他许多国家上演，卖座率始终不衰，成为阿瑟·米勒的一部最能持久上演的剧本。

一九八一年九月，上海人民艺术剧院将这出戏搬上我国舞台；黄佐临先生亲自执导，深刻发掘剧本本质，并给予鲜明的舞台体现，得到历经十年浩劫的我国观众深刻的理解。一位观众写信道："欣赏阿瑟·米勒这出名剧，得到一次高级的享受，十分感谢！为了维护政教合一，为了巩固其蛮横不合理的统治，不惜愚昧乡民，造谣诬陷，草菅人命，前两幕揭露已很有力，后两幕则更为深刻。"① 另一位观众在信中感慨地说："历史常有惊人的相似之处，这个教训太深刻了，历史悲剧不能再重演！"②

《两个星期一的回忆》

此剧自传性浓厚，写的是纽约一家汽车零件批发公

---

① 《星期六评论》，1979年。
② 《谈佐临导演的〈萨勒姆的女巫〉》一文，北京《外国戏剧》，1982年，第2期。

司顶楼发货室里职工工作的情况。他们浑浑噩噩地过日子，有的酗酒、寻欢作乐，有的胸无大志、过一天算一天，有的因年老体衰即将被老板辞退。青年职工伯特（当年作者本人）无限感慨地说："每天早晨看到他们为什么使我伤心泪下？这就像是在地铁里，每天看到同一些人上，同一些人下，唯一的变化是他们衰老了。上帝！有时这真把我吓呆了；我在这个世界上，就像在一个偌大的房间里来回冲撞，从南墙到北墙，从北墙到南墙，永远没个头啊！就是没个头啊！"伯特后来攒够了钱去上大学，临行时向大家告别，但他们却忙于干活儿，对他离去毫无表示，他只得默默地走了。

有些英美剧评家认为这出戏像"活报剧"，是在批评人生的绝望和悲哀。米勒不同意这种看法，并称此剧是一出"哀婉的喜剧"，或是一部本世纪三十年代的文献记录。"我写这部剧本部分原因是想再体验一次那种公开而赤裸裸的贫困现实，同时也希望为自己表明希望的价值，以及为什么要产生希望，还有那些至少懂得如何忍受那种毫无希望的痛苦的人们所具有的英雄品质。"① 他认为剧中所谈的是"人生需要有一点诗意",而且还承认他特别偏爱这出戏。

《桥头眺望》

此剧最初为独幕剧,一九五五年在美国上演并未受到重视,后米勒把它修改成两幕剧,于一九五六年在伦敦和巴黎上演时才获得成功。全剧写的是三十年代美国的意籍移民的生活。两名意大利年轻兄弟因在家乡失业而非法进入美国,暂居已归化为美国人的亲戚埃迪家中。哥哥挣钱寄回老家养活妻儿老小;未婚的弟弟却同埃迪养大的外甥女产生了恋情,遭到埃迪变态的妒忌和反对,并招致他向移民局告发,兄弟俩均被扣押。在保释期间,哥哥由于埃迪断送了他的生活出路而在一次争斗中把埃迪刺死,酿成一场悲剧。美国进步报刊当时曾给该剧以好评,认为米勒在此剧中有如实反映美国工人阶级生活的一个侧面的意图。

米勒说这出戏是他根据一桩真人真事写成的,他认

---

① 罗伯特·阿·马丁编《阿瑟·米勒戏剧散文集》,维京出版社,1978年,第164页。

为剧中的主人公埃迪"并不是一个值得让人哀怜同情的人物，此剧也无意使观众落泪。但是，它却有可能使我们把埃迪的举动同我们自己的举动联系起来反省，从而更好地剖析自己，认识到我们不仅仅是一些孤立的心理实体，而是同自己同胞的命运和悠久的历史密切相连的"。① 此剧仍属于米勒一贯喜爱创作的社会道德剧，其中探讨了人性、人的尊严以及新旧道德概念和法则之间的冲突。在写作手法上，米勒在剧中安排一名律师来穿插叙述案情，起到了类似希腊悲剧中合唱队的作用。

《美国时钟》

此剧是米勒以三十年代美国经济大萧条为背景写出的一个社会剧。据他本人说，他是受美国作家斯特兹·特克尔《艰难的日子：一部关于大萧条时期的口述历史》一书的启发，经过多年酝酿才写成这出戏。特克尔通过他所访问的众多普通美国人的口述，以新闻体裁生动地反映了三十年代那场席卷整个资本主义世界的经济

---

① 阿瑟·米勒《桥头眺望》修订本前言。

危机给美国人民精神和生活带来的灾难，而米勒则把这一惊心动魄的悲惨景象更为真实地再现于舞台。全剧人物多达四十余个，几乎囊括了美国社会各阶层人士。有的美国剧评家由此而认为剧作家没有着重刻画三两个主人公的面貌，是此剧的一项缺陷，殊不知米勒的意图正在于说明那场危机"几乎触及了所有的人，不管他住在什么地方，也不管他处于什么样的社会地位"，他用戏剧形式在观众面前展现了一幅文献性壁画，侧重灾难的全貌，从而重振人们的尊严和信心。这种形式早在布莱希特的一些剧本和多斯·帕索斯的那部《美国》三部曲小说中有关新闻短片的章节里就已出现过，米勒则把它做了进一步的发挥。

米勒的剧本一向具有自传性质。由于他目睹了那场危机，《美国时钟》中的许多场景可以说是他根据回忆记录下来的真实情景，例如剧中人李中学毕业后因家庭生活拮据而不得不辍学进入工厂工作，就是他自己的一段亲身经历。又如米勒参加过当时的左翼运动，剧中一些青年钻研马克思和恩格斯著作，追求进步思想，尽管个别人有糊涂思想，也不足为怪，它仍然可以说是米勒对当时美国青年思想面貌如实的写照。尤其值得称道的是，全剧阐述了美国人民经历了那次浩劫后终于认识到"这个国家其实是属于他们的"。以这一思想转变作为全剧的结尾，说明米勒在创作思想上已突破了过去那种仅仅局限于描写资本主义社会中推销员等小人物的个人悲欢离合的狭隘题材。米勒写此剧的动机，无疑是想告诫美国人民，尤其是青年一代，不要在虚假的繁荣景象中忘却过去沉痛苦难的历史，其用心良苦使《美国时钟》具有较深刻的教育意义。

此外，米勒在这出戏的剧作手法上，也沿袭了他所惯用的倒叙穿插、不受时空限制的技巧，而且运用得更加自如。该剧布景简朴，场景转换迅速，道具由演员带上舞台，充分发挥舞台灯光的效果，这一切都显示出这位老剧作家仍然在不断探索戏剧创作的新手法。

《美国时钟》一九八〇年五月首演于南卡罗来纳州的斯波里多戏剧院，十一月移至纽约百老汇，但仅上演了十二场，未受到应有的重视。米勒并未气馁，对剧本做了精心的修改，于一九八四年奥运会前夕在洛杉矶马克·泰珀剧院再度公演，终于获得好评。同年英国伯明翰的轮换剧目剧院也上演了这出戏。《卫报》评论道："与其说它是一出传统剧，毋宁说它是大萧条期间万花简般的美国社会史。这出戏很可能不是米勒的杰作之一，但它表现了戏剧概括时代基调的力量。"一九九五年，英国阿瑟·米勒研究专家克里斯托弗·比格斯贝编辑的《阿瑟·米勒剧本选》（轻便本）中选入的《美国时钟》，又经米勒重新做了修订。

三

除去剧本，米勒还写过小说《焦点》、《我不再需要你：短篇小说集》和儿童读物《珍妮的毯子》等。他一九八七年发表的《时移世变》（自传）约五十余万言，堪称近年来美国出版的一本优秀自传。

在自传中，米勒叙述了犹太裔祖代从波兰移居新大陆后的创业经过以及父亲在三十年代初经济大萧条时期破产而由母亲典当求告挽救家庭困境的惨状，继而回忆了自己中学毕业后四处打工，干过不少种苦力活儿，一度幻想当歌星，后来积攒些钱进入密歇根大学学习，迷上戏剧，逐步成为剧作家的经历。在这期间，他接触到马克思主义，寄希望于苏联和社会主义，并积极从事左翼文艺和反法西斯等进步活动，导致五十年代中期遭到非美活动调查委员会的传讯，并被判处"藐视国会"罪。嗣后他参加了反越战运动，又积极投入国际笔会的活动。

书中详尽阐述了他一贯反对百老汇商业化戏剧的观点，他对戏剧所持有的精辟独到的见解，以及他创作每部剧作的艰苦历程。对众多同时代的剧作家、小说家和诗人（包括奥尼尔、奥德茨、威廉斯、海尔曼、斯坦贝克、梅勒、贝娄、庞德和弗罗斯特等人），他都给予不人云亦云的评价。他也接触到许多戏剧和电影界的导演和演员，诸如哈里·霍恩、伊莱亚·卡赞、李·斯特拉斯堡夫妇、劳伦斯·奥立弗和克拉克·盖博等人，对他们都作了细致而有趣的描绘。书中也包括了他的三次婚姻，首次披露了他与梦露一段姻缘的恩恩怨怨，他以深切同情的笔触描述了孤女出身的梦露受尽社会压力的折磨和别人的剥削、身心忧郁而艰苦奋斗的一生，批驳了外界对梦露的歪曲宣传；此外，他也欣慰地谈到他与奥籍摄影师英格博格·莫拉斯结合后互敬互爱的美好生活。

在写作结构上，米勒没有严格采取按年代顺序平铺直叙的手法，而是把一生事迹前前后后、纵横交错地穿插叙述，有时两三件事交叉进行，环环相扣，恰到好处，真有点像《推销员之死》的主人公威利·洛曼脑海中那种过去与现在的事交错闪现那样，或者说更像电影画面淡入淡出交叉隐现的技巧。这种新颖手法无疑使这部自传别具一格，使读者不觉得枯燥乏味。米勒的文笔犀利，隽永流畅，时而还充满诙谐幽默感，颇有契诃夫的风格（契诃夫是米勒最崇敬的两位作家之一，另一位是托尔斯泰）。在回顾往事时，他还夹叙夹议，其中不少富有哲理的涵义，发人深省，甚至可以使人从中得到启发和教益。

这部自传不单单是个人的感人肺腑的故事，而且近乎是一部当代美国社会编年史，为读者了解二十世纪美国文坛、剧坛以及美国社会不断演变的情况提供了丰富而珍贵的资料。

四

阿瑟·米勒不仅是美国当代著名剧作家，而且也是一位卓越的戏剧理论家。他论述戏剧的文章已由密歇根大学罗伯特·阿·马丁教授编成《阿瑟·米勒戏剧散文集》，于一九七八年出版，在西方戏剧界颇有影响。

米勒跟奥尼尔一样，创作的剧本多半是有关普通人的悲剧，他认为普通人与帝王将相同样适合作为高超的悲剧题材，但是他又不赞成把悲剧写成悲怆剧，在他看来，悲剧和悲怆剧之间的主要区别在于悲剧不仅给观众带来悲哀、同情、共鸣甚至畏惧，而且还超越悲怆剧，给观众带来知识或启迪。他认为悲剧是对为幸福而斗争的人类最精确而均衡的描绘，"因为悲剧是我们拥有的最完美的手段，它向我们显示我们是什么样的人，我们必须做什么样的人，或者我们应该力争做什么样的人"①。他也不同意那种认为悲剧作家都具有悲观主义的论调，"悲剧事实上所包含作家的乐观主义程度要比喜剧还要多，悲剧的最终结局应该是加强观众对人类的前景抱有最光明的看法"②。米勒这种见解无疑会加深人们对悲剧的理解。

米勒一贯反对西方商业化、纯娱乐性的庸俗戏剧，而坚信戏剧是一种反映社会现实的严肃事业。他认为剧作家如果不去调查社会作为一个明显而关键的部分所具有的全部因果关系，就不可能创作出一部真正高水平的

① 《阿瑟·米勒戏剧散文集》，第 11 页。
② 《阿瑟·米勒戏剧散文集》，第 6 页。

严肃作品。米勒一九五六年曾经在一篇题为《现代戏剧中的家庭》的文章里感叹道：

在过去的四五十年里，一般的现实主义遭到了攻击——原因在于它不能美妙而自如地在私人生活和社会生活之间越来越扩大的鸿沟上架起桥梁。表现主义对这也解决不了，因为它完全抛却心理上的现实主义而跨跃到单独描绘社会力量那一方面去了，从而使问题遗留下来。所以我们现在的许多剧本都或多或少具有颓废的气氛；在过去的十年里，这些剧本越来越趋向单独详述心理因素，而很少或无意把人物的社会作用和冲突弄清并加以戏剧化。任何一位明智的人显然都明白人类的命运是社会性的，所以把那些摒弃社会的作品归结为腐朽是恰当的。①

此外，米勒还曾说过："社会在人之中，人在社会

① 《阿瑟·米勒戏剧散文集》，第82页。

之中，你甚至不可能在舞台上创造出一个真实描绘出来的心理实体，除非你了解他的社会关系。"米勒的这种观点，即人的命运是社会性的，舞台应是一个较之单纯提供娱乐更为重要的传播思想的媒介，它应该为一个严肃的目的服务，是值得称道的。米勒在他改编的《人民公敌》序言中呼吁道："剧作家必须再次表明有权利以他的思想和心灵来感染观众。公众也有必要再次认识到舞台是一个传播思想和哲学、极为认真地探讨人的命运的场所。"①

不过，米勒不赞成在剧作里干巴巴地说教。他主张戏剧应当使人类更加富有人性，也就是说，戏剧使人类不那么感到孤独。

在艺术创作手法上，阿瑟·米勒曾说他是"规规矩矩地以传统的现实主义为基础，而且试图使用各种方式来扩展它，以便直接甚至更猝然、更赤裸裸地提出隐藏在生活表面背后的、使我感动的事物"②。确实如此，米勒多次巧妙地运用了表现主义和象征主义等方式，丰富了他的现实主义创作。他一直在不断地探索，不断地

① 《阿瑟·米勒戏剧散文集》，第17页。
② 《阿瑟·米勒戏剧散文集》，第167页。

创新。

米勒对马克·吐温做出过这样的评论："他并非在利用他那种跟同时代的公众幻觉相疏离的态度来抗拒他的国家，好像没有它也能生存似的，而显然是想借此来纠正它的弊端。"① 这恰恰也适用于米勒本人，正是他本人的写照。

一九七九年美国著名剧评家马丁·哥特弗里德在《星期六评论》杂志上撰文称米勒的《推销员之死》、《萨勒姆的女巫》和《桥头眺望》是"三部气势宏伟的剧本，具有显示人性的广泛内容，却又高于现实生活，因为它们诗意盎然并具有崇高的道德力量。毫无疑问，阿瑟·米勒是美国戏剧的良心"。他认为世界上只要还有舞台存在，这三出戏就会上演，传之不朽。

梅绍武
一九九七年初稿
一九九八年六月校订

---

① 阿瑟·米勒为《马克·吐温牛津选本》（牛津大学出版社，1996年）写的前言。

推销员之死

两幕私下的谈话及一首安魂曲

剧中人物

威利·洛曼

林达，威利·洛曼的妻子

比夫，威利·洛曼的长子

哈皮，威利·洛曼的次子

伯纳德

某妇人

查利

本伯伯

霍华德·瓦格纳

珍妮

斯坦利

佛赛特小姐

莱塔

地点

本剧发生于威利·洛曼家中的室内和庭院中，以及他去纽约和波士顿的几个地方。时间是今天。

第一幕

可以听见用长笛演奏的一支旋律。乐声低微而优美，使人想到草原、树木和一望无际的天边。幕启。

观众面前出现的是推销员的家。可以感觉到这个家背后和周围四面都是高耸的见棱见角的建筑。照耀着这所房子和舞台前部的只有从天上来的青光，周围区域则笼罩着一种愤怒的橘红色。灯光再亮一些以后，观众可以看清，这所小小的、脆弱的房子被包围在周围坚实的公寓大楼之中，因此这个地方有一种梦似的情调，从现实中升华起来的一场梦。房子中央的厨房确实很真实，有一张厨房的桌子，三把椅子和一个电冰箱，但是看不见别的设备。在厨房后墙上是一个挂着帘子的门，通向起居室。在厨房右边，比厨房的地面高出二尺，是一间卧室，其中只有一张铜架床和一把直背椅子。在床上方的格架上放着一个银制的体育竞赛奖品。卧室有窗，窗外就是旁边的公寓大楼。

在厨房后面，地面比厨房高出六英尺半，是两个儿子的卧室。现在这里几乎全在暗中，只能模糊看到两张床和后墙上的一扇小顶窗。（这间卧室处于那间看不见的起居室的上层。）左边有一道弯曲的楼梯，从厨房通上来。

整个布景全部或者某些地方部分是透明的。这座房子的屋顶轮廓线是单线画出的，在轮廓线下面和上面都可以看到那些公寓大楼。在房子前面是一片台口表演区，越过舞台前部，伸展到乐池上方，呈半圆形。这个表演区代表这家的后院，同时威利的幻想场景以及他在城里活动的场面也都发生在这里。每当戏发生在现在时，演员都严格地按照想象中的墙线行动，只能通过左边的门进入这所房子。但是当戏发生在过去时，这些局限就都被打破了，剧中人物就从屋中"透"过墙直接出入于台口表演区。

[威利·洛曼，推销员，手里拎着两个装样品的大箱子，从右方上。笛声在继续。他听得见笛声，但并没有注意。他六十多岁了，穿着朴素。仅仅从他横穿舞台走到房子大门的几步路也看得出来他累极了。他打开门锁，进入厨房，深呼了一口气，放下手里的负担，抚摸着累疼了的手掌。他情不自禁地长吁一口气，感叹地说了句话——可能是"够呛，真够呛"。他关上了门，然后通过挂帘子的门，把手提箱拿到起居室去。在右边的屋里，他的妻子林达在床上翻动了一

下。她起床，披上一件睡袍，倾耳听着。她通常是个乐呵呵的人，但多年来已经形成克制自己的习惯，决不允许自己对威利的表现有任何不满——她不仅仅是爱威利，她崇拜他；威利的反复无常的性格，他的脾气，他那些大而无当的梦想和小小的使她伤心的行为，似乎对她只是一个提醒，使她更痛心地感到威利心里那些折磨他的渴望，而这些渴望在她心中也同样存在，只不过她说不出来，也缺少把这些渴望追求到底的气质。

林　达　（听到威利在卧室外的声音，有些胆怯地叫他）威利！

威　利　别担心，我回来了。

林　达　你回来了？出了什么事？（短暂的停顿）是出了什么事吗？威利？

威　利　没有，没出事。

林　达　你不是把车撞坏了吧？

威　利　（不在意地，有些烦躁）我说了没出事，你没
　　　　听见？

林　达　你不舒服了？

威　利　我累得要死，（笛声逐渐消失了。他在她身
　　　　旁床上坐下，木木地）我干不了啦。林达，我就是
　　　　干不下去啦。

林　达　（小心翼翼地，非常体贴地）你今天一天都在
　　　　哪儿？你的气色坏透了。

威　利　我把车开到扬克斯过去不远，停下来喝了一杯
　　　　咖啡。说不定就是那杯咖啡闹的。

林　达　怎么？

威　利　（停了一下）忽然间，我开不下去了。车总是
　　　　往公路边上甩，你明白吗？

林　达　（顺着他说）噢。可能又是方向盘的关系。我
　　　　看那个安杰罗不大会修斯图贝克车。

威　利　不是，是我，是我。忽然间我一看我的速度是
　　　　一小时六十英里，可是我根本不记得刚刚的五分钟
　　　　是怎么过去的。我——我好像不能集中注意力
　　　　开车。

林　达　也许是眼镜不好。你一直没去配新眼镜。

威　利　不是，我什么都看得见。回来的路上我一小时开十英里。从扬克斯到家我开了差不多四个钟头。

林　达　（听天由命）好吧，你就是得歇一阵子了，威利，你这样干下去不行。

威　利　我刚从佛罗里达休养回来。

林　达　可是你脑子没得到休息。你用脑过度，亲爱的，要紧的是脑子。

威　利　我明天一早再出车。也许到早上我就好了。这双鞋里头该死的脚弓垫难受得要命。

林　达　吃一片阿司匹林吧，我给你拿一片，好不好？吃了能安神。

威　利　（纳闷地）我开着车往前走，你明白吗？我精神好得很，我还看风景呢。你想想看，我一辈子天天在公路上开车，我还看风景。可是林达，那边真美啊，密密麻麻的树，太阳又暖和，我打开了挡风玻璃，让热风吹透了我的全身。可是突然间，我的车朝着公路外边冲出去了！我告诉你，我忘了我是在开车呢，完全忘了！幸亏我没往白线那边歪，不然说不定会撞死什么人。接着我又往前开——过了五分钟我又出神了，差一点儿——（他用手指头按住眼睛）我脑子里胡思乱想，什么怪念头都有。

林　达　威利，亲爱的，再去跟他们说说吧，为什么不能叫你在纽约上班呢。

威　利　纽约用不上我。我熟悉的是新英格兰，新英格兰这边离不开我。

林　达　可是你六十岁了，他们不能要求你还是每个礼拜都在外边跑。

威　利　我得给波特兰打个电报。原来说好了的，我应该明天早上十点钟见布朗和莫里森，给他们看这批货。他妈的，我准能把它卖出去！（他开始穿外衣）

林　达　（把外衣拿到一边）你何不明天一早就到霍华德那儿去，告诉他你非在纽约上班不可。亲爱的，你就是太好说话了。

威　利　要是老头子瓦格纳还活着，纽约这一摊早归我负责了！那个人真是好样的，有肩膀。可是他这个儿子，这个霍华德，这小子不知好歹。我头一次往北边跑买卖那会儿，瓦格纳公司还没听说过新英格兰在什么地方呢！

林　达　亲爱的，你干吗不把这些话告诉霍华德呢？

威　利　（受到鼓舞）我是要告诉他，一定告诉他。家里有奶酪吗？

林　达　我给你做个三明治。

威　利　不，你睡吧。我去喝点牛奶，说话就上来。孩子们在家吗？

林　达　他们睡了。今天晚上哈皮给比夫约了女朋友，带着他玩去了。

威　利　（感兴趣）真的？

林　达　看着这两个孩子一块儿刮脸，真叫人高兴，两个人在洗澡间，一个挤在另一个后面。然后一块出去。你闻见了吗？满屋子都是刮胡子膏的味儿。

威　利　你说这是怎么回事？干了一辈子为这所房子付款。最后房子算是归你了，可是房子里没人住了。

林　达　唉，亲爱的，过了时的东西就扔掉了，生活就是这么回事。

威　利　不，不对，有些人——有些人就能创出点儿事业来。我今天早上走了以后比夫说了什么没有？

林　达　你不该责备他，威利。尤其是他刚下火车。你不应该对他发火。

威　利　我他妈的什么时候发火来着？我就是问问他赚
　　　　到钱没有，这就叫责备？

林　达　可是亲爱的，他上哪儿赚钱去？

威　利　（又着急又生气）他身上憋着股子情绪。他变
　　　　得那么阴郁，我走了以后他道歉了吗？

林　达　他可垂头丧气了，威利。你知道他多么崇拜
　　　　你。我看等到他真能够发挥他的长处的时候，你们
　　　　两个就都高兴了，就不打架了。

威　利　他待在个农场上怎么发挥长处？那也叫生活
　　　　吗？当个农业工人？一开头，他还年轻，我想嘛，
　　　　年轻人，到处闯荡闯荡也好，各种行当都试试。可
　　　　是已经过去不止十年了，他一个礼拜还挣不了三十
　　　　五块钱！

林　达　他还没得发挥呢，威利。

威　利　三十五岁了还不得发挥，就是丢人！

林　达　嘘——！

威　利　毛病就在他懒，他妈的！

林　达　威利，我求求你！

威　利　比夫就是个懒汉！

林　达　他们都睡了，你去吃点东西，下楼去吧。

威　利　他回家来干什么？我想知道他为什么回家来。

林　达　我不知道。我看他还是没找到方向，威利。我看他很空虚。

威　利　比夫·洛曼居然找不到方向。在全世界最伟大的国家，这样一个年轻人——这么招人喜欢的年轻人，居然找不到方向。而且他多么勤奋。别的不说，比夫有一条特点——他不懒。

林　达　从来不懒。

威　利　（充满了同情和决心）我明天一早见见他，我跟他好好谈谈。我给他找个差事，当个推销员。用不了多久他就能成个大人物。我的老天！记得吗，他上中学的时候那些孩子们成天跟着他转！他要是冲谁一笑，那个孩子马上就得意非凡啊。他在大街上一走……（陷入回忆中）

林　达　（努力想打断他的沉思）威利，亲爱的，我今天买了一种新的美国式的奶酪，能搅和着吃的。

威　利　你明知道我爱吃瑞士奶酪，干吗买美国的？

林　达　我想你也许愿意换换口味——

威　利　我不想换口味！我要吃瑞士奶酪，为什么总要跟我别扭着来？

林　达　（用笑掩饰着不安）我还以为是让你意外一下呢。

威　利　你干吗不把这儿的窗户都打开，我的老天爷？

林　达　（无限耐心地）都开着呢，亲爱的。

威　利　他们让咱们在这儿憋死了。砖墙、窗户，窗户、砖墙。

林　达　当初咱们应该把旁边那块地也买下来。

威　利　街上汽车排成了队。整个这个地区就呼吸不到一口新鲜空气。草都不长，后院连根胡萝卜都种不出来。应该定一条法律，禁止盖公寓大楼。还记得那边那两棵漂亮的榆树吗？我跟比夫还在树上安了个吊床。

林　达　是啊，好像离开城里有一百万里远似的。

威　利　那个包工的把那两棵树砍掉了，应该把他抓起来。他们把这片地方毁了。（出神）我越来越惦记那些日子，林达。到这个季节该是丁香和紫藤开花了，然后是牡丹，还有黄水仙。这间屋里多么香啊！

林　达　没办法啊，人们总得有个地方住啊。

威　利　不是，是现在人多了。

林　达　我看也不是人多，我看——

威　利　就是人多了！这个国家就要毁在这上头！人口失去控制了。竞争激烈得叫人发疯！你闻闻这座公寓大楼的臭味儿！那边呢，又是一座……怎么还能吃搅拌奶酪呢？

　　　　　　〔在威利说最后一段话时，比夫和哈皮在床上欠起身来，倾听着。

林　达　下楼去吧，你尝尝。声音轻点儿。

威　利　（转向林达，内疚地）宝贝儿，你不是为我担心吧，啊？

比　夫　怎么回事？

哈　皮　听着！

林　达　你这么精明强干，有什么可担心的。

威　利　林达，你真是我的根基，我的依靠。

林　达　你就是弦绷得太紧，总把些小事看得那么严重。

威　利　我不跟他争吵了。他要是愿意回得克萨斯，就让他去吧。

林　达　他会找到路的。

威　利　那当然。有些人就是大器晚成嘛。像爱迪生，好像就是。还有那个橡胶大王，古德里奇。他们两个当中有一个耳朵是聋的。（朝卧室的门走去）比夫准行，我信得过他。

林　达　还有，威利——礼拜天要是暖和，咱们坐汽车到郊外去玩吧。把挡风玻璃打开，带上午餐。

威　利　不行，这些新式汽车的挡风玻璃是打不开的。

林　达　可是你今天不是打开了吗？

威　利　我？我没有。（忽然停住）你说这有多怪！这有多么惊人——（他又诧异，又害怕，说不下去了，同时又可以听到远远的笛声）

林　达　怎么了，亲爱的？

威　利　这实在是不可思议。

林　达　什么，亲爱的？

威　利　我想起那辆雪佛兰。（短暂的停顿）一九二八年……我买的那辆雪佛兰——（说不下去了）你说怪不怪？刚才我可以发誓说我今天开的是那辆雪佛兰。

林　达　嗨，不定是什么事让你想起它来了。

威　利　不可思议。啧。记得那些年吗？比夫经常给那辆车打蜡，打得多么亮！后来买卖旧车的那个人说

什么也不信，那辆车已经开了八万英里了。（摇头）嘿！（对林达）闭上眼睡吧，我马上就上来。（走出卧室）

哈　皮　（对比夫）老天，说不定他又把车撞坏了！

林　达　（对着威利的背影喊）下楼梯的时候留神，亲爱的！奶酪在中间那个格子里！（她转身，走到床前，拿起威利的上衣，走出卧室）

〔在孩子的房间里，光亮起来了。在暗中我们可以听见威利自言自语，"八万英里"，然后低声一笑。比夫从床上爬起来，向舞台前部走了几步，聚精会神地站住了。比夫比他弟弟哈皮大两岁，体格健壮，但是目前看上去有些潦倒，也似乎不那么自信。他不如弟弟在事业上成功，他的梦想却比弟弟强烈，而且也更不被普通人所接受。哈皮个子高大魁梧，他身上的男性吸引力就像一种色彩那样引人注目，或像一种气味，很快就被不少女

人发觉。他，和他哥哥一样，也找不
　　到方向，但是表现不同，因为他从来
　　不肯承认失败，结果是他思想上更混
　　乱，心里也更冷酷，但是表面上看却
　　又更心满意足。

哈　皮　（从床上起来）他要老是这样，驾驶执照非叫
　　　　人没收了不可。我对他越来越不放心，知道吗，
　　　　比夫？

比　夫　他的眼睛不行了？

哈　皮　不是，我跟他一块儿开过车。他看得很清楚，
　　　　他就是不能聚精会神。上个礼拜我跟他一道坐车进
　　　　城，绿灯亮了，他停下来，红灯一亮他倒又开车
　　　　了。（笑）

比　夫　也许他色盲。

哈　皮　爸爸？他在推销货物的时候眼睛最灵了，你知
　　　　道啊。

比　夫　（在床上坐下）我睡觉了。

哈　皮　你不是还跟爸爸闹别扭吧，比夫？

比　夫　没有，我看他没什么大事。

威　利　（在他们脚下，起居室里）没错儿，先生，八

万英里——八万二千!

比　夫　你抽烟吗?

哈　皮　(递给他一盒烟)来一根?

比　夫　(拿了一根烟)我一闻见烟味就睡不着。

威　利　看看这蜡打得多漂亮,嘿!

哈　皮　(感慨万分)真有意思。比夫,你想想,咱们俩又在这儿睡觉,这两张老床。(充满感情地拍了拍床)躺在这两张床上咱们说过多少话啊,啊?一辈子的事都谈到了。

比　夫　是啊。那么多梦想,那么多计划。

哈　皮　(带着深沉的男性的笑)大概得有五百个女人都特别想知道咱们在这屋里说了些什么。(两人会意地轻轻一笑)

比　夫　记得那个大个子,贝西什么的——妈的她姓什么来着——住在布什威克大街那儿的那个?

哈　皮　(梳着头发)养了条长毛大狗的那个?

比　夫　就是她。我给你撮合的,记得吗?

哈　皮　对,那是我头一回——好像是。家伙,那位可真是个不挑不拣的好货!(两人笑,几乎是粗俗地笑）关于女人，我知道的一切都是你教给我的。别忘了。

比　夫　你准是忘了你当初多么爱害臊了，特别是跟女孩子在一起的时候。

哈　皮　哦，我现在还那样，比夫。

比　夫　嗨，去你的吧！

哈　皮　我就是现在能控制自己了，就是这么回事。我觉得我越来越不害臊，可你正相反。怎么回事，比夫？你从前那点幽默，那点自信，到哪儿去了？（他摇晃着比夫的膝头。比夫站起身来，烦躁地在屋中走来走去）出了什么事，比夫？

比　夫　为什么爸爸总要嘲笑我？

哈　皮　他不是嘲笑你，他——

比　夫　不管我说点什么，他脸上就露出一股嘲笑的神气。我简直不能走近他。

哈　皮　他不过是希望你干出点事业来，没别的。我好久以来就想跟你谈谈爸爸，比夫。他——出了点什么事。他——他老一个人说话。

比　夫　我今天早晨就看到了。可是他一向就爱自己叽叽咕咕的。

哈　皮　不像现在这么明显。现在发展得真叫人难堪，我不得不送他去佛罗里达休养。而且你猜怎么着？通常他是跟你说话。

比　夫　他说我什么？

哈　皮　我听不清楚。

比　夫　他说我什么？

哈　皮　好像总是说你还安顿不下来，还是挂在半空中……

比　夫　有别的事叫他抬不起头来，哈皮。

哈　皮　你指的是什么？

比　夫　不要问了，反正别把责任都推在我身上。

哈　皮　可是如果你能开始干起来——我是说——你在那边有前途吗？

比　夫　我跟你说，哈皮，我根本不知道什么叫前途。我不知道我自己想要什么。

哈　皮　你这是什么意思？

比　夫　这么说吧，我中学毕业以后有六七年想找个出路。我当轮船公司的小职员、推销员，各种各样的差事。那种日子实在是可怜得很。大热天一早就去挤地铁。一辈子就得全心全意地去看守仓库，打电话，再不就是买点什么，卖点什么，一年受五十个礼拜的罪，就为了那两个礼拜的假期。可是你心里一直真正希望的是到露天去干活，甩开了膀子干。还有，老得拼命想赛过身边的同事。可是怎么办呢？——只有这么干才有前途。

哈　皮　这么说，你真喜欢在农场上干活？你在那儿满意吗？

比　夫　（越来越激动）哈皮，我从战前离开家已经干了二三十种不同的职业了，结果呢，总是一样。我是最近才明白的。我在内布拉斯加放过牛，后来在达科他州，亚利桑那，最近在得克萨斯，都一样。大概我就是为这个才回家来的，就因为我明白了。我现在干活的那个农场，在那儿现在是春天了，你明白吗？他们那儿生了大概十五匹小马驹。看着一匹母马带着新生的小马驹，没有比这个更启发人，没有比这个更美的了。而且现在那里天气凉爽，你明白吗？得克萨斯现在可凉快了，而且是春天。可是每一次，不管我在哪，一到春天我就有一种感觉，老天爷，我在这儿毫无出路啊。我在这儿算干什么呢，跟一群马厮混，一个礼拜挣二十八块钱！

我已经三十四岁了，我应该成家立业了。到这种时候我就该往家跑了。现在呢，我回来了，可我不知道我自己该干什么。（停了一下）我一向坚持决不虚度一生，而每次我一回来就懂了，我所做的一切都是虚度一生。

哈　皮　你是个诗人，比夫，你知道吗？你是个——你是个理想主义者！

比　夫　不是，我实在是乱七八糟。也许我该结婚。也许我该找个固定的差事。说不定我的问题就在这儿。我像个孩子。我没结婚，我也没个买卖，我不过——我像个孩子。你满足吗？哈皮？你是成功的，是不是？你满足吗？

哈　皮　妈的，才不呢！

比　夫　为什么？你不是挣了不少的钱吗？

哈　皮　（精力充沛地、表情丰富地在屋里走来走去）我现在除了等着我们那个推销部主任死，没事可干。而就算我当上了推销部主任又怎么样？他是我的好朋友，他刚刚在长岛盖了一所了不起的房产。他在那儿住了两个来月，就把它卖了。现在他又在盖一所房子，只要一盖完，他就不喜欢了。我知道，我要是他，我也一定那么干。我不知道我工作都是为了什么。有时候我坐在我的公寓房子里——就我一个人，我就想我每月付的房租。那简直是贵得荒唐。可是话说回来了，这正是我一向追求的东西。我自己的公寓房子，自己有辆汽车，好些个女人。可是，他妈的，我还是寂寞。

比　夫　（热情地）听我说，你何不跟我一道到西部去呢？

哈　皮　就你跟我，呃？

比　夫　就是啊，也许咱们可以买个畜牧场，养牛，卖力气。像咱们这样体格的人应该在野外干活。

哈　皮　（兴致勃勃地）洛曼兄弟，啊？

比　夫　（充满感情地）就是，咱们在各县准得出名！

哈　皮　（着了迷似的）我梦想的就是这个，比夫。有时候我真想就在商店里扒掉衣服，把那个臭小子，那个推销部主任好好揍一顿。我是说，要论打拳、赛跑、举重，我比那个商店里任何人都强得多，可是我得一天到晚叫那些婊子养的粗俗的小人物呼来喝去，我真受不了。

比　夫　我告诉你，弟弟，要是有你在一块儿，我在那边就心满意足了。

哈　皮　（热情地）你知道吗，比夫，我周围的人都虚伪得要命，我每天都得降低自己的理想……

比　夫　咱们俩在一块就能互相依靠。咱们就都有信得过的人了。

哈　皮　有我在你身边……

比　夫　哈皮，问题就是咱们从小就没学会怎么抓钱。我不会那一套。

哈　皮　我也一样！

比　夫　咱们去吧！

哈　皮　不过有一条——到了那边咱们能挣多少呢？

比　夫　可是你看看你那个朋友，房产倒是盖起来了，心里得不到平静，也住不下去啊。

哈　皮　那不假，可是每次他一进商店，你看那个派头，一切都为他让路。从那扇转门走进来的不是人，是一年五万二千块钱！可是他脑袋里那点玩意儿还不如我小手指头里多呢！

比　夫　对啊，可是你刚才说——

哈　皮　我一定要叫那群自命不凡的大经理看看，我哈皮·洛曼不是二流货。我要像他那样进商店的门。

在那之后，我就跟你走。最后咱们还是在一块儿，我向你发誓。你就说今天晚上咱们玩的那两个娘们吧，够漂亮的吧？

比　夫　没错儿，我多少年没遇上这么漂亮的了。

哈　皮　这样的，我什么时候想要都有，比夫，每当我腻烦的时候都行。讨厌的是，这种事越来越像保龄球似的了。我只要把球一扔出去，她们就一个一个都倒了，可是毫无意义。你还跟女人混吗？

比　夫　不，我倒想找个女孩子——实心实意的，一个有分量的人。

哈　皮　我盼着的也是这个。

比　夫　算了吧！你永远也不会成家的。

哈　皮　我会！找一个人格高尚的，经得住考验的！像妈妈那样的人，你明白吗？我告诉你点事，你听了准得骂我混蛋。那个跟我玩了一晚上的女孩子，已经跟别人订婚了，过五个星期就结婚。（他戴上一顶新帽子，试试样子）

比　夫　真的？

哈　皮　真的，而且那个男人很快就要提拔成副经理了。我不知道我是犯了哪股劲儿，也许是我的竞争思想发展过头了吧，反正我是把她毁了，而且现在我也甩不掉她了。让我这样坑了的已经是第三位经理了。你说我这种脾气混蛋不混蛋？不但如此，我还去参加他们的婚礼！（愤怒地，但是笑着）就像我明知不该接受贿赂一样，那些厂商短不了给我递一百块一张的钞票，为的是我能给他们拉点订货。你知道我是个多么老实的人，可是这事就跟这个女孩子的事一样。为这种事我恨我自己。因为我并不想要这个女孩子，可是我还是搞了，而且——我喜欢！

比　夫　咱们睡吧。

哈　皮　我看咱们什么也没解决。

比　夫　我刚想起个主意，可以试试。

哈　皮　什么主意？

比　夫　记得比尔·奥立弗吗？

哈　皮　当然记得，奥立弗现在是大人物了。你还想替他干吗？

比　夫　不是，不过我跟他分手的时候他跟我有话在先。他抱住我的肩膀，跟我说："比夫，不管什么时候，你有需要找我来好了。"

哈　皮　我记得，这话不错。

比　夫　我想去找他。要是我能弄到手一万块钱，哪怕七八千呢，我就能买一个非常漂亮的畜牧场。

哈　皮　我敢说他准支持你。因为他看重你，比夫。其实他们都看重你。你有人缘，所以我说你该回来，咱们合住那个公寓房子。我还告诉你，比夫，你看哪个女孩子中意……

比　夫　不，有个畜牧场我能干我喜欢的活儿，我也能出人头地，可是我看不准，我不知道奥立弗是不是还认为是我偷了那箱子篮球。

哈　皮　嗨，他大概早就忘了那件事了。快十年了。你这个人太敏感。再说当初他也没开除你。

比　夫　我看，他已经拿定主意要开除我了，所以我才辞职不干了。我一直弄不清楚他到底知不知道，不过他的确很看重我，他只信得过我一个人晚上收摊锁门。

威　利　（在下面）比夫，马达你也准备擦洗吗？

哈　皮　嘘！

　　　　　　〔比夫看着哈皮，哈皮往下面看，听
　　　　　　着。威利在客厅里咕哝着。

哈　皮　你听见了吗？

<blockquote>〔他们听着，威利热情地笑。</blockquote>

比　夫　（生气地）他不知道妈妈都听得见吗？

威　利　别把毛衣弄脏了，比夫！

<blockquote>〔一阵痛苦的表情掠过比夫的脸。</blockquote>

哈　皮　你看这可怕不可怕，你别再走了，好不好？你可以在这儿找个职业，你得在这儿盯着，我拿他没有办法，越来越叫人难堪。

威　利　这上光蜡打得多漂亮！

比　夫　妈妈都听得见！

威　利　真的，比夫？你跟女朋友订了约会？太好了！

哈　皮　睡吧。不过明天早上你跟他谈谈，好不好？

比　夫　（勉强地上了床）妈妈就在家里他也不管，真够呛！

哈　皮　（上床）我希望你跟他好好谈谈。

比　夫　（在床上自言自语地）这个自私的、愚蠢的……

哈　皮　嘘……睡吧，比夫。

<blockquote>〔他们卧室中的灯灭了，早在他们结束
谈话之前，就可以隐约地看见威利在</blockquote>

下面黑暗的厨房中的身影。他打开了
电冰箱，找出一瓶牛奶，公寓大楼逐
渐淡出，整个房子和周围笼罩着树
叶。在树叶出现的同时，音乐声不知
不觉地响起。

威　利　就是一条，比夫，跟那些女孩子在一块儿要留
点神，别许愿，什么愿也别许，因为女孩子，你知
道吗，你说什么她们都信。可是你还年轻，比夫，
你还太年轻，还不到认真跟女孩子谈话的年纪。

　　　　　〔厨房中的光亮起来了。威利一边说着
话，一边关上了电冰箱的门，朝台口
走到厨房桌子前，他把牛奶倒进一只
杯子里。他完全陷入了自己的世界，
微笑着。

威　利　你实在太年轻了，比夫。你现在得先集中精力
念书，将来你条件都具备了，像你这样的人有的是
女孩子叫你挑。（他对着一把椅子咧开嘴笑着）真
的吗？女孩子替你掏钱？（他笑出声来）家伙，你
真是走运啊！

［逐渐地，威利朝着台外透过厨房的

　　墙，对着某一点——非常具体的一个

　　点——说起话来。他的声音也逐渐提

　　高，达到了正常交谈的音量。

威　利　我正奇怪你们干那么仔细地擦汽车呢。哈！别
　　忘了车轴盖儿，孩子们。那得用软麂皮擦才亮呢。哈
　　皮，用报纸擦挡风玻璃最省事了，比夫，教给他怎么
　　干！明白了吗，哈皮？把报纸团成个垫子似的用。
　　对，对，就这么干，你干得不错，哈皮。（停了一下，
　　赞许地点了点头，然后朝上望着）比夫，咱们哪天
　　得空，头一件事就是把房子上头那根大树枝去掉。闹
　　不好，来场暴雨，它一折下来，就得砸在房顶上。我
　　有个主意，咱们找个绳子，把它拽到一边去，然后咱
　　弄两把锯子，把它锯下来。等你们把车擦完了，就到
　　我这儿来，我给你们弄了点想不到的好东西。

比　夫　（声音来自台外）什么东西，爸爸？

威　利　不，等你们干完了再说，手里的活儿没干完不
　　能撂下——记住这一条，（朝那些“大树”看）比
　　夫，我这次去奥尔巴尼市，看见了一种非常漂亮的
　　吊床，下一趟我想买一个，咱们把它吊在这两棵大

榆树中间，够意思吧，在树枝底下一摇晃，嘿，孩子们，那才叫……

> 　　　[从威利说话的方向，年轻的比夫与年轻的哈皮上。哈皮拿着抹布，提着个水桶，比夫穿着毛衣，胸前是一个大"S"，抱着个橄榄球。

比　夫　（指着台外的汽车）怎么样，爸爸，专业水平吧？

威　利　棒，棒极了，孩子们！干得不错，比夫。

哈　皮　我们想不到的那个东西在哪儿呢，爸？

威　利　在汽车后座上。

哈　皮　好哇！（跑下）

比　夫　是什么，爸爸？告诉我，你买了什么？

威　利　（大笑，打了比夫一巴掌）没事儿，我想送你们点小玩意儿！

比　夫　（转身朝外跑）是什么，哈皮？

哈　皮　（台外）练习拳击的吊袋！

比　夫　哎呀，爸！

威　利　上头有拳击大王吉内·滕尼的签名！

> 　　　　　[哈皮抱着吊袋跑上。

比　夫　老天爷，你怎么知道我们想要个吊袋？

威　利　反正拿这个练速度最好了。

哈　皮　（躺在地上，两脚在空中蹬着）我体重减轻了，你看出来了吗，爸？

威　利　（对哈皮）跳绳也管事。

比　夫　你看见我的新橄榄球了吗？

威　利　（仔细看球）你哪儿弄来的？

比　夫　教练叫我练传球。

威　利　是吗？他给你的球，是吗？

比　夫　嗨，我从更衣室里借出来的。（他会心地笑起来）

威　利　（对他偷东西也笑着）我可是要求你还回去哟。

哈　皮　我告诉你了，爸准不喜欢你这么干！

比　夫　（生气）那怎么着，我本来要还的嘛！

威　利　（拦住一场刚要开始的争吵，对哈皮）本来，他是得用正规的球练嘛，对不对？（对比夫）教练大概还会表扬你的积极性哩！

比　夫　噢，他老是表扬我的积极性，爸爸。

威　利　那是因为他喜欢你。要是别人拿了球，非得大闹一场不可。怎么样，孩子们，这一段在学校成绩怎么样?

比　夫　你这回到哪儿去了,爸爸?老天爷,没有你我
　　　　们真闷得慌。

威　利　(高兴地,一手搂住一个孩子,三个人朝台
　　　　口走来)闷得慌,呃?

比　夫　每分钟都想你。

威　利　瞧你说的。告诉你们个秘密吧,孩子们,可跟
　　　　谁也不能透露,有朝一日,我要自己开买卖,那就
　　　　老也不用离开家了。

哈　皮　像查利大叔那样,哈?

威　利　比查利大叔了不起!因为查利没人缘。他也有
　　　　点人缘,可是——不那么有人缘。

比　夫　你这回上哪儿去了,爸?

威　利　嗯,我上了路,往北到了普罗维登斯市见着市
　　　　长了!

比　夫　普罗维登斯的市长!

威　利　他坐在旅馆的前厅里。

比　夫　他说了什么?

威　利　他说:"早!"我说:"市长,您这个城市真不
　　　　错啊!"后来我就喝了杯咖啡,后来我就去了沃特

伯里。沃特伯里那个城市真是不错，有个大钟，有名的沃特伯里大钟。在那里，我卖了一大批货。后来又去了波士顿——那是革命的摇篮。那个城市真不错。我还去了马萨诸塞州的几个城市，又到了波特兰、班戈，然后直截了当回了家！

比　夫　老天爷，我多想跟您一道去啊，爸爸。

威　利　过了夏天就带上你们。

哈　皮　不蒙人？

威　利　你、哈皮和我，我带你们看看美国所有的城市。美国到处是美丽的城市，到处是了不起的、正直的人，而且他们都认得我，等我把你们两个小家伙抚养大，你们走到哪儿都得受欢迎。为什么，就因为我有朋友。孩子们，在新英格兰，我可以把汽车停在随便哪条马路上，那儿的警察就像对自己的车那样保护它。今年夏天，怎么样？

比　夫⎱
　　　　（同时）太棒了，那还用问！
哈　皮⎰

威　利　咱们带上游泳衣。

哈　皮　我们给你提箱子，爸！

威　利　那可太带劲儿了！我走进波士顿的商店，后面你们两个提着箱子，一定会轰动！

> ［比夫跳来跳去，练习着传球。

威　利　比夫，参加这场比赛紧张吗？

比　夫　你要来我就不紧张。

威　利　现在你当上队长了，大伙儿在学校里怎么议论你？

哈　皮　一到下课的时候，老有一大群女生跟着他。

比　夫　（拉着威利的手）这个礼拜六，爸，这个礼拜六——专门为你，我要来一次单人突破，底线得分。

哈　皮　你应该把球传给别人。

比　夫　我要为爸来这一次单人突破。你看着我，爸，什么时候我一摘掉头盔，那就是我要突破了，看我怎么冲破底线的！

威　利　（吻比夫）噢，等我到波士顿——告诉大伙，准得轰动！

> ［伯纳德上。他穿着灯笼裤，比比夫岁数小一些，一本正经，忠心耿耿，是个总在操心的孩子。

伯纳德　比夫，你跑到哪儿去啦？你今天应该跟我一块温课的。

威　利　嘿，过来，伯纳德，干吗老那么没精打采的？

伯纳德　他没温课呀，威利大叔，下个礼拜他得参加大考。

哈　皮　(推得伯纳德团团转，故意奚落他)来，咱们打拳，伯纳德！

伯纳德　比夫！(躲着哈皮)听我说比夫，我听见比恩包姆老师说你要是再不学数学，他就要给你不及格，你就毕不了业啦，我听见的！

威　利　你还是跟他温课去吧，比夫，现在就去吧。

伯纳德　我听见的！

比　夫　哦，爸，你还没看见我的球鞋呢！(他抬起一只脚给威利看)

威　利　嘿，这字印得真漂亮！

伯纳德　(擦着眼镜)光在球鞋上印上弗吉尼亚大学的字样也不一定能毕业，威利大叔。

威　利　(生气)你胡说什么？现在摆着三个大学愿意出奖学金收他，他们会给他不及格？

伯纳德　可是我听见比恩包姆老师说——

威　利　别招人讨厌了，伯纳德！(对孩子们)真没出息。

伯纳德　OK，我在家里等着你，比夫！

〔伯纳德下，洛曼父子大笑。

威　利　伯纳德这孩子没人缘吧。

比　夫　他也有点人缘，可也不那么有人缘。

哈　皮　就是那样。

威　利　我要说的就是这个伯纳德，在学校可能分数最
　　　　高，明白吗，可是到了社会上，做生意，明白吗，
　　　　你们会比他强十倍！所以，我感谢上帝，你们俩都
　　　　长得美男子似的。因为要说做生意，谁能出人头地
　　　　呢，就得是那种仪表堂堂，叫人一看就喜欢的人。
　　　　只要大家喜欢你，你就不会倒霉。就拿我说吧，我
　　　　从来用不着跟别人排大队等着见买主。"威利·洛
　　　　曼来了！"有这一句话，行了，我通行无阻。

比　夫　把他们都震住了，爸？

威　利　在普罗维登斯把他们震趴下了，在波士顿把他
　　　　们震了个倒仰！

哈　皮　（又躺下，两只脚朝空中蹬着）我的体重减轻
　　　　了，你注意到了吗，爸？

　　　　　　〔林达上，她像往年那样，头发上扎着

　　　　　飘带，拿着一篮子洗好的衣服。

林　达　（带着青春的活力），哈啰，亲爱的!

威　利　我的情人!

林　达　这辆雪佛兰跑得怎么样?

威　利　林达，雪佛兰是造出来的最了不起的汽车。
　　　　（对孩子们）怎么能让妈妈抬着洗的衣服上楼梯呢?

比　夫　来吧，哥们儿，抬起来!

哈　皮　放到哪儿去，妈?

林　达　晾在绳子上。比夫，你先下去看看你的朋友
　　　　们。地下室里都是男孩子，他们不知道该干点
　　　　什么。

比　夫　嗨，今天爸爸回家了，让他们等会儿吧。

威　利　（对比夫的态度感到高兴，笑着）你还是下去
　　　　告诉他们该干什么吧。

比　夫　我看让他们把锅炉房打扫干净吧。

威　利　那好，比夫。

比　夫　（穿过厨房的墙线到达后面的门边，朝下
　　　　喊）伙计们! 都去打扫锅炉房! 我马上下来!

声　音　好吧! 好，比夫。

比　夫　乔治、山姆、弗兰克，你们三个到后院来，咱

们晾衣服。来吧，哈皮，动作麻利点。（他和哈皮
把衣服抬出去）

林　达　那些孩子真听他指挥！

威　利　这就叫训练，重要的训练。告诉你，我在外面
哪怕卖掉成千上万的货，我也得回家来。

林　达　到他赛球那天，这一条街上的人都得去看。你
这回卖出去了吗？

威　利　我去普罗维登斯卖了五百罗，在波士顿七
百罗。

林　达　真的！等一下，我这儿有铅笔。（她从围裙口
袋里拿出铅笔和纸）那么这一趟的佣金是……二百
块——上帝！二百一十二块！

威　利　这个——我没细算，不过……

林　达　你卖了多少？

威　利　这个，我——我卖了——大概在普罗维登斯卖
了一百八十罗，嗯，不——加在一块——大概整个
这一趟卖了二百罗吧。

林　达　（毫不迟疑地）二百罗。那是……

　　　　　　　　　　　　　　　　　　　〔她计算着。

威　利　讨厌的是，在波士顿有三家铺子正盘货，不然

我这趟准能打破纪录。

林　达　反正，一共是七十元零几毛钱，这也很不
　　　　错了。

威　利　咱们欠多少？

林　达　是这样，咱们到了一号，电冰箱得交十六
　　　　元钱。

威　利　为什么十六元了？

林　达　那风扇上的皮带坏了，得交一元八毛钱。

威　利　那是新买的。

林　达　是啊，可人家说就是这样的，用一段时间才合
　　　　槽呢。

　　　　　　　　　　　　〔他们穿过墙线走进厨房。

威　利　我就希望咱们买的这冰箱没有上当。

林　达　这家的广告比谁的都大！

威　利　我知道，是个好机器。还有什么？

林　达　嗯，洗衣机还得付九元六，到十五号还得交三
　　　　元五的吸尘器的分期付款，还有屋顶，还剩二十
　　　　元钱。

威　利　现在不漏了吧？

林　达　不漏了，他们这活干得真漂亮。还有弗兰克，

你还欠他化油器的钱。

威　利　我一个子儿也不给他！这种倒楣的雪佛兰车，应该禁止生产！

林　达　反正你还欠他三块五，再加上零零碎碎的开销，到十五号咱们总共得拿出一百二十块来。

威　利　一百二十块！老天爷，生意要是再没有起色，我真不知道该怎么办了！

林　达　嗨，下礼拜准比现在强。

威　利　那是，下礼拜我要把他们全打趴下。我到哈特福德去，我在哈特福德有人缘。你知道，林达，问题是人们好像不怎么喜欢我。

　　　　　　　　　　〔他们走到台口部分。

林　达　嗨，别说傻话。

威　利　我一进门就觉得出来，他们好像都在笑话我。

林　达　凭什么？凭什么笑话你？

　　　　　　　　〔威利一直走到台口边缘。林达进入厨房，开始补袜子。

威　利　我不知道为什么。可是没人搭理我，都不把我放在眼里。

林　达　可是你干得蛮不错嘛，亲爱的。你一个礼拜能挣七十到一百。

威　利　可是我得一天干十个、十二个钟头。别人——我不知道——不那么费劲。我不知道为什么——我管不住自己——我话太多。话少才有分量。查利就有这手，他话少，人家就尊敬他。

林　达　你的话不多，你就是性格活泼。

威　利　（笑了）嗨，我总觉得，他妈的，一辈子就那么几年，开两句玩笑有什么呢。（对自己）我玩笑开得太多!（笑容消失了）

林　达　那又怎么样? 你——

威　利　我太胖。我的相貌太蠢，我没跟你说过圣诞节那会儿我正好去见 F. H. 斯都华，正赶上一个我认识的推销员也在，我进屋见主顾的时候，他正拿我开心，说我——大狗熊! 我——当时就给了他一个嘴巴。我不吃这个，无论如何我也不吃这个。可是人家的确都笑话我，我知道。

林　达　亲爱的……

威　利　我得克服自己的毛病，我明白。也许是我的衣服不合适。

林　达　威利，亲爱的，你是世界上最漂亮的男人——

威　利　没有的事，林达。

林　达　对我说你是(短暂的停顿)最漂亮的。

　　　　　　　〔从暗处传来一个女人的笑声，威利并
　　　　　　　不转身，但在林达下面的台词中笑声
　　　　　　　一直不断。

林　达　还有孩子们呢。像你这样被孩子们崇拜的父亲
　　　　不多。

　　　　　　　〔音乐声仿佛从窗帘后传来，在屋子的
　　　　　　　左方。可以隐约地看见某妇人在穿
　　　　　　　衣服。

威　利　(带着深厚的感情)林达，你是最了不起的人，
　　　　你是真正的伙伴，你知道吗？在外头跑的时候，我
　　　　常恨不得紧紧地搂住你，不要命地亲你。

　　　　　　　〔笑声现在响起来了，威利移动到台左
　　　　　　　逐渐亮起来的表演区。那里某妇人从
　　　　　　　窗帘后走了出来，站在那里，仿佛是
　　　　　　　对着镜子在戴帽子，同时笑着。

威　利　因为我真寂寞啊——特别是生意不好，又没人
　　　　可谈的时候，我就觉得这一辈子再也卖不出去货

了，再也养活不了你，再也创不出什么事业，能传
给儿子的事业。（他的话夹杂在某妇人的渐弱的
笑声中，某妇人对着镜子搔首弄姿）我有多少想
弄到手的东西——

某妇人　想把我弄到手？不是你弄的，威利，不，是我
　　　　选上了你。

威　利　你选上了我？

某妇人　（她看上去还颇为正派，年纪与威利差不
　　　　多）就是，我一天到晚看见各式各样的推销员，来
　　　　来往往。可是你特别有幽默感，咱们在一块儿也确
　　　　实过得开心，是不是？

威　利　没错儿，没错儿，（他抱住她）你何必现在就
　　　　要走？

某妇人　都两点了……

威　利　不，进来吧！（他拉她）

某妇人　……那不像话，我的姐妹们会怎么想哪。你什
　　　　么时候再来？

威　利　大概过两个礼拜吧，你下次还会来吗？

某妇人　那还用说。你真会逗我乐，这对我有好处。
　　　　（她捏了捏他的胳膊，吻他）再说，我觉得你是个

大好人。

威　利　是你选上了我，呃？

某妇人　没错儿。因为你心好，又会逗乐儿。

威　利　那好吧，下回我来波士顿再见。

某妇人　我一定马上叫你跟买主接上线，通上话。

威　利　（拍拍她的臀部）好！还有一条线也得接通！

某妇人　（轻轻地打他的脸，笑着）你真把我逗死了，
　　　　威利。（他忽然拖住她，粗暴地吻她）逗死我了。
　　　　谢谢你送我的丝袜，我就喜欢有一大堆丝袜。好
　　　　啦，好好睡吧。

威　利　好好睡吧，别忘了把袜子脱下来！

某妇人　哎哟，威利！

　　　　　　　［某妇人放声大笑，同时林达的笑声插
　　　　　　　进来。某妇人在黑暗中消失了，厨房
　　　　　　　桌旁的表演区亮了起来。林达依然坐
　　　　　　　在桌旁原处，但现在她在补一双丝
　　　　　　　袜子。

林　达　你就是，威利，最漂亮的男人。你完全用不着
　　　　担心——

威　利　（走出了某妇人那边暗下去的表演区，来到

林达身边)我要弥补我对不起你的地方，林达，我一定——

林　达　你没有对不起我的地方，亲爱的。你干得挺好，比起好多人——

威　利　（发现她在缝补）这是什么？

林　达　补补袜子。现在买一双可贵呢——

威　利　（生气，夺过袜子）我不许你在这个家里补袜子！把它扔了！

　　　　　　　　　　　　〔林达把袜子收到衣袋里。

伯纳德　（跑着进来)他在哪儿？他要是再不念书……

威　利　（走到台口，激动地)那你就把答案递给他！

伯纳德　我每次都给，可是会考不行！那是全州的考试！会把我抓起来的！

威　利　他到哪儿去啦？我要拿鞭子抽他！抽他！

林　达　他最好把那个球也还回去，威利，这样做不好。

威　利　比夫！他在哪儿？他为什么什么都拿？

林　达　他对女孩子太野，威利。做妈妈的都怕他。

威　利　我要抽他！

伯纳德　他没有执照就开车！

[传来某妇人的笑声。

威　利　闭嘴!

林　达　所有的妈妈——

威　利　闭嘴!

伯纳德　(悄悄地后退着，一直到消失)比恩包姆老师
　　　　说他自高自大。

威　利　滚出去!

伯纳德　他要是再不用功，数学就要不及格了!（下）

林　达　他说得对，威利，你一定得——

威　利　(向着她爆发)他什么毛病也没有! 你难道要
　　　　他变成伯纳德那样的小可怜儿? 他有气魄，有性
　　　　格……有的是!

　　　　　　　[在他说话的同时，林达眼泪汪汪地退
　　　　　　　向起居室，下。威利一个人留在厨房
　　　　　　　里，泄了气，呆视着前方。树叶消失
　　　　　　　了。又恢复了夜景，黑压压的公寓大
　　　　　　　楼从后面又出现了。

威　利　有的是，有的是! 他偷什么了? 他还要还呢，
　　　　是不是? 他为什么要偷? 我是怎么教他的? 我一辈
　　　　子教他的都是正派的事。

　　　　　〔哈皮穿着睡衣从楼上下来，威利突然

　　　　感到了哈皮在身旁。

哈　皮　上楼去吧，去吧。

威　利　（在桌旁坐下）哼！她干什么非要自己动手给
　　　　地板打蜡？每一回打蜡她都要晕半天。她自己
　　　　知道！

哈　皮　嘘——！别那么激动。你今天晚上怎么又回
　　　　来了？

威　利　我差点出事，吓坏了。在扬克斯差点儿撞了个
　　　　小孩。老天爷！当初我为什么没有跟我哥哥本去阿
　　　　拉斯加呢？本！那是个天才，天生要发财的！我错
　　　　过了多好的机会！他求着我去。

哈　皮　嗨，反正现在说也没用了——

威　利　你们老是这一套！看看人家，开头是两个肩膀
　　　　扛一个脑袋，结果几个钻石矿到手了！

哈　皮　好家伙，早晚有一天我得弄清楚他是怎么
　　　　干的。

威　利　一点不神秘！人家心里清楚自己要求的是什
　　　　么，朝着那儿奔，就到手了呗！人家一头扎进了原
　　　　始森林，等他再出来，才二十一岁，发财了！这个

世界有的是宝贝，可是得动硬的，软的不行！

哈　皮　爸，我说过要您退休，我养活您。

威　利　你养活我，就靠你那一个礼拜七十块钱？还有
　　　　你少不了的女人、汽车、公寓房子，你还想养活
　　　　我？老天爷，我今天开汽车连扬克斯都开不过去
　　　　了！那会儿你们都在哪儿呢？在哪儿呢？我现在火
　　　　烧眉毛了！我连汽车都开不了啦！

　　　　　　　　〔查利在门口出现。他身材高大，说话
　　　　　　　　慢腾腾的，话不多，是个一条道儿走
　　　　　　　　到黑的人。他的话里总带着点同情怜
　　　　　　　　惜的意思，虽然有时候好话不会好好
　　　　　　　　说。目前他说话还有点惶惶然的样
　　　　　　　　子。他穿着睡衣，上面罩了件袍子，
　　　　　　　　脚上是拖鞋。他走进了厨房。

查　利　没出什么事吧？

哈　皮　没事，查利，没——

威　利　（看一眼查利）能出什么事？

查　利　我听见响动。我以为出了事。这堵墙能不能想
　　　　想办法？你们这儿打个喷嚏，我屋里的帽子就吹
　　　　跑了。

哈　皮　上床去吧，爸，走吧。

　　　　　　　　　　　　　　　　[查利示意叫哈皮走开。

威　利　你先睡吧。我这会儿不困。

哈　皮　（对威利）别激动了，啊？（下）

威　利　你干吗还不睡？

查　利　（在威利对面桌旁坐下）睡不好，胃酸烧心。

威　利　那，那是因为你不会吃。

查　利　我还不是用嘴吃。

威　利　不是，你没知识，你不懂维生素那套玩意儿。

查　利　来，咱们赌一盘吧，玩一会儿困劲儿就来了。

威　利　（犹疑地）也好，你有牌吗？

查　利　（从口袋里摸出一副牌来）有，我这儿带着
　　　　呢。你说说那个维生素管什么的？

威　利　（发牌）长骨头的。化学作用。

查　利　好吧，可骨头跟烧心又没有关系。

威　利　你胡扯些什么？你准知道这里头是怎么回
　　　　事吗？

查　利　伤自尊了。

威　利　自己不明白的事就少议论。

　　　　　　　　　　　　　　　　[他们打牌。停顿。

查　利　你怎么在家里待着?

威　利　车出了点小毛病。

查　利　噢。(停顿)我想上加利福尼亚去一趟。

威　利　真的。

查　利　你想找个差事吗?

威　利　我有差事,我早跟我自己说过。(短暂的停顿
之后)你要给我找差事是他妈的什么意思?

查　利　这有什么伤自尊的!

威　利　你别惹我嘛。

查　利　我是觉得这样下去没道理。你不必这样硬
撑着。

威　利　我有职业,不错的职业,(短暂的停顿)你老
上我这来干什么?

查　利　你要我走吗?

威　利　(停顿后,嗒然)我真不懂。他又要回得克萨
斯去,这他妈的算什么呢?

查　利　让他走他的。

威　利　我没什么可给他,查利,我穷得丁当响的,一
个子儿没有。

查　利　他饿不死,没一个饿死的,别把他放在心

上了。

威　利　那我该把什么放在心上呢?

查　利　你太认死扣了。去他妈的。瓶子摔碎了就不能
　　　　退五分钱押金了呗。

威　利　你说得倒轻巧。

查　利　我说这话也不轻巧。

威　利　你看见我在起居室里安的天花板了么?

查　利　看见了,活儿干得漂亮,我想不出来自己怎么
　　　　能安天花板。你是怎么办的?

威　利　没什么意思。

查　利　嗨,说说嘛。

威　利　你也要安天花板是怎么的?

查　利　我怎么会安天花板呢?

威　利　那你跟我这儿纠缠什么?

查　利　又伤自尊了!

威　利　不会用家伙干活的人不是男子汉。你叫人
　　　　恶心。

查　利　别说我叫人恶心,威利。

　　　　　　〔本伯伯手提旅行包和一把伞,绕过房
　　　　　　子的右角,走到台口。他身体壮实,

86

六十多岁，留着小胡子，一副颐指气
使的神气。他对自己的前途有绝对的
信心，他叫人感到他曾去过遥远的地
方，见过大世面。他恰好在威利开口
的时候上场。

威　利　我真是累得要死，本。

　　　　　〔响起了本的主题音乐。本向四周端详
　　　　　着一切。

查　利　好啊，接着打牌，累了能睡个好觉。你刚才怎
么管我叫"本"呢？

威　利　怪事。刚才有一下子你叫我想起了我哥哥本
来了。

本　我只能待几分钟。（他踱起步来，打量着这个地
方。威利与查利继续打牌）

查　利　你后来没听说他的消息了，是吧？就从那一次
以后？

威　利　林达没跟你说吗？十几天以前我们接到他老婆
从非洲来的一封信。他死了。

查　利　是这么回事。

本　（格格地笑着）原来这就是布鲁克林？

查　利　说不定他给你留下点财产。

威　利　没有的事。他有七个儿子呢。当初在他身上我就是错过一次机会……

本　我得赶火车，威廉。我得到阿拉斯加去看几份产业。

威　利　那当然，当然！要是那回我跟他去了阿拉斯加，那我今天可就是另一个样儿了。

查　利　算了吧，到那儿不把你冻死才怪。

威　利　你胡扯些什么？

本　在阿拉斯加机会多得很，威廉。真没想到你会没去。

威　利　没错儿，多得很。

查　利　什么？

威　利　我一辈子就碰上他这么一个真正明白发财诀窍的人。

查　利　谁？

本　你们大家都怎么样？

威　利　（赢了一盘，笑着）都好，都好。

查　利　你今天这牌打得够精的。

本　妈妈跟你们住在一起吗？

威　利　没有。她早就去世了。

本　可惜，她当初是个好样儿的妈妈。

威　利　(对查利)什么?

本　我本来还想见她老人家一面呢。

查　利　谁去世了?

本　爸爸有信吗?

威　利　(慌了)你是什么意思，谁去世了?

查　利　(赢了一盘，收钱)你说些什么?

本　(看表)威廉，八点半了!

威　利　(似乎是为了驱散自己的混乱，他生气地拦
　　　　住查利的手)那是我的牌!

查　利　我刚放下的老 A——

威　利　你要是不会打牌，我才不白送你钱呢!

查　利　(站起来)莫名其妙，那是我的老 A!

威　利　不跟你打了，不跟你打了!

本　妈妈哪年去世的?

威　利　好多年了。从打一开头你就不会打牌。

查　利　(收起牌，朝门口走)好吧! 下次我带一副有
　　　　五张老 A 的牌来。

威　利　我不跟你这号人打牌!

查　利　（转身面对他）你真不怕害臊！

威　利　你说谁？

查　利　说你！（下）

威　利　（朝着他的后影摔上门）没知识！

本　（威利穿过厨房的墙线朝他走来）这么说你就是威廉。

威　利　（握本的手）本！我等你好久了！你的诀窍是什么？你是怎么干的？

本　那可就说来话长了。

　　　　　〔林达在台口出现，像过去的样子，抱着洗衣服的篮子。

林　达　这是本吗？

本　（彬彬有礼）你好，亲爱的。

林　达　这么多年你都在哪儿？威利一直想知道你——

威　利　（不耐烦地把本从她身边拉开）爸爸在哪儿？你不是跟他走的吗？你们是怎么开头的？

本　怎么说呢？我不知道你还记得多少。

威　利　那，当然了，我还小呢，三四岁吧——

本　三岁零十一个月。

威　利　真叫好记性，本！

本　我手上一大堆买卖，从来不记账。

威　利　我记得我坐在大棚子车底下，那是——是内布拉斯加吧？

本　是南达科他。我给了你一把野花。

威　利　我记得你沿着一条开阔的公路走了。

本　(大笑)我那是要去阿拉斯加找爸爸。

威　利　他现在在哪儿？

本　我那会儿年轻，不懂地理，威廉，我走了几天才发现我是朝南走呢，所以，最后我没到阿拉斯加，到了非洲。

林　达　非洲？

威　利　黄金海岸！

本　主要是钻石矿。

林　达　钻石矿！

本　不错，亲爱的，不过我只能待几分钟——

威　利　别走！孩子们！孩子们！(青年的比夫与哈皮出现)听着，这是你们的大伯，本伯伯，一个了不起的人。跟孩子们说说，本！

本　说说吧！孩子们，我十七岁那年一头扎进了原始丛林，到二十一岁那年出来的。(大笑)发了大财出来的！

威　利　（对孩子们）我怎么跟你们说的，现在明白了
　　　　吧？什么了不起的事都能做到！

本　（看了一眼表）过一个礼拜的礼拜二，我在凯奇坎
　　有个约会。

威　利　别走，本！请你说说爸爸的事。我要孩子们听
　　　　听。我要他们知道咱们家的根底不简单。我光记得
　　　　他是个大胡子，我坐在妈妈怀里，围着火，还有一
　　　　种尖声的音乐。

本　他的笛子，他吹笛子。

威　利　没错儿，笛子，对极了！

　　　　〔可以听到新的音乐，高亢、活跃的调子。

本　爸爸是个了不起的人物，心可野了。我们那会儿常
　　从波士顿出发，他把一家子人都装在大棚子车里，
　　赶上一群拉车的牲口，在大草原上就闯出去了。什
　　么俄亥俄州、印第安纳州、密歇根州、伊利诺伊
　　州，整个西部都跑遍了，每到一个镇子我们就停下
　　来，卖掉他在路上做的笛子。爸爸是大发明家，他
　　一个礼拜做的玩意儿卖的钱比你这样的人一辈子挣
　　的还多。

威　利　我就是这样教育孩子的，本——能咬牙，人缘
　　　　好，样样在行。

本　　真的，（对比夫）朝这儿打一拳，小子，有多大劲
　　　　使多大劲儿。（他拍拍肚子）

比　夫　哟，那可不行，大伯！

本　　（摆出拳击的姿势）来，冲着我来！（他大笑）

威　利　跟他干，比夫！来，让你大伯瞧瞧！

比　夫　哎！（他攥紧拳头，开始进攻）

林　达　（对威利）干吗他得打架呢，亲爱的？

本　　（与比夫一招一式地打着）好小子！好小子！

威　利　够意思吧，本，怎么样？

哈　皮　左边上，比夫！

林　达　你们干什么要打架？

本　　好小子！（突然他往前一冲，绊倒了比夫，用伞
　　　　尖对准比夫的眼睛威胁着）

林　达　留神，比夫！

比　夫　我服了！

本　　（拍拍比夫的膝盖）小子，跟生人打架就得心黑手
　　　　狠，要不你一辈子甭打算活着从原始丛林里出
　　　　来。（拉住林达的手，一鞠躬）能见到您，无限荣

幸，林达。

林　达　（怯怯地抽回手，悚然）一路——顺风。

本　（对威利）祝你也买卖兴隆——你做什么买卖？

威　利　推销员。

本　是这样，不管吧……（他举手向大家示意告别）

威　利　不，本，你可别以为……（他抓住本的胳膊，指给他看）我知道这儿是布鲁克林，可是我们也打猎。

本　是吗，真的？

威　利　没错儿，这儿有长虫，有兔，还有——我就是为这个搬来的。你信不信，比夫一眨眼就能把这些树砍倒一棵！孩子们！马上到公寓大楼的工地上去弄点沙子来！咱们立刻就翻盖整个大门的门廊！本，你就瞧着吧！

比　夫　走！马上执行，哈皮！

哈　皮　（一边和比夫跑着）我体重减轻了，爸，看出来了吗？

　　　　　　[查利在孩子们还没有跑掉之前就上
　　　　　　　场，他穿着灯笼裤。

查　利　听我说，他们要是再上工地去偷东西，那个巡夜的可要叫警察来抓了!

林　达　（对威利）别叫比夫去……

　　　　　　　　　　　　　　　　　　[本畅怀大笑。

威　利　你还没看见他们上礼拜弄回来的木料呢。至少
　　　　有一打，六乘十的，值好些钱呢。

查　利　听我说，要是那个巡夜的……

威　利　咱们说清楚，我好好骂了他们一顿。可是这俩
　　　　小子真是天不怕，地不怕。

查　利　威利，监狱里净是天不怕地不怕的好汉。

本　　　（拍着威利的背，笑着说给查利听）证券交易所里
　　　　也有的是，朋友!

威　利　（随着本笑）你这裤子下半截跑哪儿去啦?

查　利　老婆给我买的。

威　利　行了，再给你一根高尔夫球棒，你干脆上楼睡
　　　　觉去得了。（对本）运动健将! 他跟他儿子伯纳德，
　　　　这爷儿俩连钉钉子都不会!

伯纳德　（跑上）巡夜的追比夫呐!

威　利　闭嘴! 他又没偷东西!

林　达　（慌了，朝左方快步下）他在哪儿? 比夫，亲
　　　　爱的!（下）

威　利　（跟着她朝左移动，离开了本）没事儿，你大惊小怪干什么？

本　这小子有种，行！

威　利　（笑）别提多有种了，这个比夫！

查　利　不明白这是怎么回事儿。我派到新英格兰去的人回来了，丢盔卸甲，叫那边的人挤兑得无路可走。

威　利　那得有门路，查利，我就是有过硬的门路。

查　利　（讥讽地）承蒙指教，威利。回头咱们还是打牌吧，也好让我分点你从那儿赚回来的钱。（对威利大笑，下）

威　利　（转向本）生意不好，坏得要命。可是我不受影响，当然了。

本　我在回非洲的路上再来看你。

威　利　（企望地）你不能多待几天吗？我现在需要你，本，因为我——我在这儿处境不错，可是我——怎么说呢，爸爸走的时候我还太小，我没得机会跟他谈，所以我到现在还觉得——仿佛我这个人没根似的。

本　我要误火车了。

〔他们站在舞台的两端。

威　利　本，我的孩子们——咱们谈谈不行吗？他们为我出生入死都行，明白吗？可是我——

本　威廉，你这俩孩子教育得好极了。出类拔萃的男子汉！

威　利　（如饥似渴地听着他的每一句话）哎哟，本，你这样说我太高兴了！因为有时候我禁不住担心我教育他们的办法不对头——本，我到底应该怎么教育他们呢？

本　（每个字都着重语气地，甚至是恶狠狠地）威廉，我一头扎进原始丛林的时候才十七岁。到我出来的时候，我二十一岁。发了大财啦！（他转过房子的右角，在黑暗中消失了）

威　利　……发了大财！我就是要给他们灌输这种精神！一头扎进原始丛林！我干得对！我干得对！我干得对！

　　　　　〔本已经走了，威利仍在对他讲话，这时林达穿着睡衣走进厨房，四处找威利，然后到门口向外看，发现了他，她走下来到他左边身旁。他看了

97

看她。

林　达　威利，亲爱的？威利？

威　利　我干得对！

林　达　你吃奶酪了吗？（他回答不上来）很晚了，亲爱的。上床吧，好不好？

威　利　（抬头看天）这个院子里把脖子扭折了也看不见一颗星星。

林　达　你来吗？

威　利　那个镶钻石的表链到哪儿去了？记得吗？本从非洲来的那次？他不是送给我一根表链吗，镶着钻石的？

林　达　你给当了，亲爱的。十二三年以前了。为了替比夫交无线电函授学校的学费。

威　利　好家伙，那真是个漂亮玩意儿。我去散散步。

林　达　可是你穿着拖鞋呢。

威　利　（开始朝房子的左边走）我干得对！就是对！（一半是对林达说，边走边摇着头）了不起的人！值得一谈的人！我干得对！

林　达　（追着威利喊）你穿着拖鞋呢，威利！

　　　　　〔威利即将走掉前比夫穿着睡衣下楼

98

来，进了厨房。

比　夫　他在外头干什么？

林　达　嘘——！

比　夫　我的老天爷，妈，他这样有多久了？

林　达　别说了，别让他听见。

比　夫　他这算是什么毛病？

林　达　到早晨就过去了。

比　夫　咱们不能干点什么吗？

林　达　嗐，亲爱的，你该干的事多了，可是现在没办
　　　　法，睡觉去吧。

　　　　　　　　〔哈皮从楼上下来，坐在楼梯上。

哈　皮　我还没听见过他这么大声音呢。

林　达　那，你多来几趟就听见了。（在桌旁坐下，替
　　　　威利补上衣里子）

比　夫　你为什么从来没给我写信提这些？

林　达　我怎么写？有三个多月你音讯全无。

比　夫　我那会儿正到处跑。可是您知道我一直惦念着
　　　　您。这您总知道，对不对，老伙计？

林　达　我知道，亲爱的，我知道。可是他总希望接到
　　　　你的信，总想知道事情还有个盼头。

比　夫　他不至于总是这样吧？

林　达　每逢你回家他就闹得最厉害。

比　夫　每逢我回家？

林　达　你一写信来，他就笑得合不拢嘴，议论未来，那时候——他的兴致高极了。然后，临到你回家的日子越近，他就越坐立不安，等到你真回来了，他倒处处找别扭，好像对你一肚子火。我看他大概是总想对你推心置腹，可是又做不到。你们两个为什么老像仇人似的？为什么？

比　夫　(掩饰)我没拿他当仇人，妈。

林　达　可是你一进门，两人就吵起来了。

比　夫　我不知道这是为什么，我也想改。我正努力改呢，您明白吗，妈？

林　达　这次回家不走了吧？

比　夫　不知道，我想到处看看，看看情形再说。

林　达　比夫，你总不能一辈子老是到处看看不是？

比　夫　我就是待不住，妈，让我一辈子就干一件事，我办不到。

林　达　比夫，人不能像鸟似的，满天飞。

比　夫　你的头发……(抚摸她的头发)你头发白了那

么多。

林　达　从你上高中我头发就白起来了。我不过是现在
　　　　不染它了。

比　夫　还是染吧，好不好？我不愿意看见我的老伙计
　　　　上年岁。（笑）

林　达　你真是个孩子！你以为你可以成年地在外头
　　　　跑，然后……你得明白，早晚有一天你到这儿来敲
　　　　门，里头住的是生人——

比　夫　别胡说了，您还不到六十呢，妈。

林　达　可是你父亲呢？

比　夫　（语塞）我说的也包括他。

哈　皮　他崇拜爸。

林　达　比夫，亲爱的，你要是对他没感情，那你对我
　　　　也不可能有感情。

比　夫　当然可能了，妈。

林　达　不行。你不能光是为了看我才回家来。因为我
　　　　爱他。（控制住自己的眼泪）全世界上，他是我最
　　　　亲的人，我不允许任何人叫他觉得自己多余，低人
　　　　一等，抬不起头来。你必须现在就拿定主意，亲爱
　　　　的，你不能两头都占着。要不你就认他这个父亲，

孝敬他，要不你就别再到这儿来，我知道他这个人不容易相处——我比谁都清楚——可是……

威　利　（从左方，笑着)嘿！嘿！小比夫！

比　夫　（想走出去找他)他这算是怎么档子事呢！（哈皮拦住了他)

林　达　别——别靠近他！

比　夫　您就别老替他打掩护了！他从来，从来都把您踩在脚底下，从来对您就没有一丁点儿敬意。

哈　皮　他一向还是尊敬——

比　夫　你懂个屁！

哈　皮　（撅着嘴)反正你不能说他精神失常！

比　夫　他没有骨头——人家查利就不会这样，不会在自己家里这样——把自己脑子里乌七八糟的东西往外倒。

哈　皮　查利没遇上他这种处境。

比　夫　比威利·洛曼倒霉的人有的是，说真格的，我见多了！

林　达　那你就去认查利当爸爸吧，比夫。这你又做不到，是不是？我没说他是个了不起的大人物。威利·洛曼没赚过大钱。他的名字没上过报纸。他也不是有生以来品德最好的人。可是他是个人，他现在正遇上灾难。所以必须关怀他，不能让他像条老狗似的死了埋掉。关怀，对这样一个人必须关怀。

你刚才说他神经病——

比　夫　我不是那个意思——

林　达　别说了，好多人认为他现在——不正常。可是用不着多大学问就能知道他毛病出在哪儿。他累垮了。

哈　皮　就是这么回事儿！

林　达　小人物也能像大人物一样累垮。到今年三月，他替这家公司干了三十六年了。是他把他们的商标推销到原来谁也没听说的地方去的，可是现在他老了，他们停发了他的工资。

哈　皮　（愤然）这我还不知道呢，妈。

林　达　你从来没问过，好儿子！你现在用不着找他要零花钱了，你就不想着他了。

哈　皮　可是我给过您钱——

林　达　上个圣诞节，五十块钱！光修理热水管道就花了九十七块五！这五个礼拜了，他卖多少货拿多少佣钱，跟初出茅庐的新手一样！

比　夫　这群忘恩负义的混蛋！

林　达　你这亲儿子也不比别人强！他年轻的时候，能给他们拉生意，他们对他可亲呢。可是现在，他那些老朋友，那些跟他有交情的老主顾，遇到他为难总能帮他一把的老买主——不是死了，就是退休了。他当初在波士顿一天能拜访六个、七个主顾。现在他把旅行包从汽车里拿出来，再放进去，再拿出来，他已经累垮了。他现在走不动了，就剩下能说了。他开着汽车一跑就是七百英里，可是到了那边谁也不认识他，没人欢迎他。再开七百英里回来，一分钱也没赚着，这时候他脑子里怎么想？他凭什么不自言自语？凭什么？他现在每个礼拜找查利借五十块钱，然后跟我假装是他挣来的！这样下去能维持多少日子？多少日子？你们现在明白我成天在家等着什么？可你还说他没骨头！他为你们俩辛辛苦苦一辈子，他没骨头？什么时候为这个给他发勋章啊？难道这就是给他的报答，到他六十三岁了，回头一看，他比命还爱的儿子，一个成了专搞女人的流氓——

哈　皮　妈！

林　达　你就是，一点没错，我的宝贝！（对比夫）还有你！你从前对他的感情都到哪去了？你们俩当初多么有感情啊！你那会儿每天晚上都要跟他在电话上长谈！他一离开家就闷得要死，非得回来见到你！

比　夫　好吧，妈，我回来还住在我的房间里，我找个职业。我离他远点就是了。

林　达　不行，比夫。你不能住在这儿，成天跟他打架。

比　夫　当初是他把我从这儿轰出去的，别忘了。

林　达　他为什么轰你？我始终没明白。

比　夫　因为我知道他虚伪，家里有人知道他的底他受不了！

林　达　为什么说他虚伪？怎么虚伪？你指什么说的？

比　夫　反正这事不是我的过错。这是我和他之间的事——多了我不说了。从现在起我出一份力好了。我挣多少钱有一半归他。往后他可以过安生日子了。我要睡觉去了。（走向楼梯）

林　达　他过不了安生日子。

比　夫　（在楼梯上转身，愤怒地）我恨透了这个城市，可我答应住下去，还要我怎么样？

林　达　他活不了多久了，比夫。

　　　　　　　　　　　　　［哈皮转身向她，愕然。

比　夫　（停了一下）为什么他活不了多久了？

林　达　他打算自杀。

比　夫　（惊恐）什么？

林　达　我现在活一天算一天。

比　夫　你说的是什么？

林　达　记得我给你写信他又撞车子吗？二月里？

比　夫　怎么样？

林　达　保险公司的调查员来过。他说他们有证据。他
　　　　说去年所有那些次事故都——都不是——不是
　　　　事故。

哈　皮　他们怎么知道？这是胡说。

林　达　好像是有一个女人……（她刚一喘气）

比　夫　（突然但又控制住自己）什么女人？

林　达　（同时）……这个女人……

林　达　什么？

比　夫　没什么，说下去。

林　达　你刚才说什么？

比　夫　没什么。我就说了句什么女人？

哈　皮　这个女人怎样？

林　达　好像是她正好路过，看见了他的汽车。她说车开得一点也不快，也没有打滑。她说车开到桥头，他是故意地朝栏杆撞的，幸亏水浅他才没淹死。

比　夫　嗨，不会的，他大概又睡着了。

林　达　我看他没睡着。

比　夫　为什么？

林　达　上个月……（非常吃力地）唉，孩子们，要谈这种事难啊！在你们眼里他只不过是个大傻子，可是我告诉你们，他的心比很多人好。（她有点哽咽，擦了擦眼睛）我那天找保险丝。电灯忽然灭了，我到地窖子里去找。就在电闸盒后面——偶然掉出来了——是一截橡皮管子，很短的一截。

哈　皮　真的？

林　达　管子的一头安着个接头儿。我一看就明白了，他打算用煤气自杀。

哈　皮　（愤然）这个——混人！

比　夫　你把它拆掉了吗？

林　达　我——我没有勇气拆，我怎么跟他提这件事呢？每天我都下去，把那根小橡皮管子拿走。可是，他一回家，我就又把它放回原处。我要是当面说，他的脸往哪儿放呢？我不知道该怎么办。我活一天算一天，孩子们。我告诉你们，他脑子里怎么想我都知道。你们也许觉得我是老派人，说傻话，可是我告诉你们，他一辈子为你们用尽了心血，可你们现在把他甩掉了！（她在椅子上弯下身去，捂住脸哭泣）比夫，我可以跟老天爷发誓！比夫，他的命就攥在你手里！

哈　皮　（对比夫）你看这个老傻瓜怎么得了！

比　夫　（吻着林达）好了，老伙计，好了，现在都解决了。过去我没尽到责任。我明白了，妈。今后我留下来，我发誓，我一定好好干。（在她面前跪下，充满了自责的情绪）其实我就是适应不了商业界那套。这回我一定努力，一定能干好。

哈　皮　你准能干好。你在商业界的问题是你从来不肯讨别人的好。

比　夫　我知道，我——

哈　皮　就说你给哈里森干的那回吧。老板哈里森本来夸你是好样儿的，可你偏要去干点蠢事，像什么在电梯里吹口哨，而且要从头到尾吹一个歌。

比　夫　（反驳哈皮）那怎么着？有时候我就是爱吹吹
　　　　口哨。

哈　皮　反正人家绝不提升一个在电梯里吹口哨的人当
　　　　头头儿！

林　达　行了，现在就别争这些了。

哈　皮　还有，中午的时候，你不去推销商品，跑去
　　　　游泳。

比　夫　（越来越反感）怎么着，你从来不溜走吗？你
　　　　还不是也溜走过，对不对？碰上夏天天气好的
　　　　时候？

哈　皮　那是，可我会掩护自己。

林　达　孩子们！

哈　皮　就算是溜号，老板尽管打电话到我该去的地方
　　　　查，人家都会发誓说我刚刚离开。这话我不愿意
　　　　说，可是在商业界有些人认为你神经不健全。

比　夫　（火了）去他妈的商业界！

哈　皮　好哇，去他妈的！了不起，可你得打好了
　　　　掩护！

林　达　哈皮！哈皮！

比　夫　他们爱怎么想随他们的便！他们笑话爸多少年了，你知道为什么？因为咱们家的人跟这种疯人院似的大城市合不来！咱们应该到大平原上去，搅拌洋灰，要不——要不当木匠。木匠吹口哨没人管！

〔威利自左方进入屋子。

威　利　就连你爷爷当初也比木匠强。（停顿。大家看着他）你一直没长大。伯纳德就一定不在电梯里吹口哨，我敢说。

比　夫　（想用玩笑把威利岔开）那倒是，可是爸，你也爱吹。

威　利　我一辈子没在电梯里吹过口哨！还有，商业界里谁认为我有神经病？

比　夫　我不是那个意思，爸。咱们别小题大做，好不好。

威　利　回你的西部去吧！当木匠去，养牛去，称心如意去吧！

林　达　威利，他这儿正说——

威　利　我听见他怎么说了！

哈　皮　（想安抚威利）我说，爸，别这样……

威　利　（压倒哈皮的话）他们笑话我，是吗？你到费

110

林公司去，赫伯公司，斯拉特瑞公司，都在波士顿，你去打听打听，威利·洛曼是什么人！我是大人物！

比　夫　知道了，爸。

威　利　大人物！

比　夫　知道了！

威　利　你为什么总要羞辱我？

比　夫　我一句话也没说。(对林达)我说话了吗？

林　达　他什么也没说，威利。

威　利　(走到起居室门口)好吧，明天见，明天见。

林　达　威利，亲爱的，他刚刚拿定主意……

威　利　(对比夫)你要是明天闲得难受，你可以把起居室里我新安的天花板漆了。

比　夫　我明天一早就出去。

哈　皮　他要去找奥立弗，爸。

威　利　(兴趣来了)奥立弗，干什么？

比　夫　(拘谨地，但是看得出他在努力，努力)他一直说他愿意支持我。现在我想搞一门生意，说不定我可以要求他实现他的诺言。

林　达　这不是大好事吗？

威　利　你少打岔。这有什么值得大惊小怪的？纽约城里至少有五十个人愿意支持他。（对比夫）搞体育用品？

比　夫　大概是吧。这个我还懂点行——

威　利　他还懂点行！老天爷，你比体育用品大王斯伯丁还内行！他准备给你多少钱？

比　夫　不知道，我还没见着他，不过——

威　利　那你在这儿扯些什么？

比　夫　（开始发火）我是说我打算去见他，没说别的！

威　利　（转身）嗨，又是八字没一撇儿就想发财。

比　夫　（向左朝楼梯走）他妈的，我睡觉去了！

威　利　（朝着他后影喊）在这个家里不准你骂街。

比　夫　（转身）从哪天起您这么文明了？

哈　皮　（想止住他们争吵）等一下……

威　利　不许你这样跟我讲话！我不答应！

哈　皮　（抓住比夫喊着）等一下，我有个主意，有个可行的主意。来，比夫，咱们现在就谈，咱们谈点真格的，上回去佛罗里达我想出了个卖体育用品的好主意。我现在又想起来了。你跟我，比夫——咱们得有个推销货物的方式，洛曼式推销法。咱们训练它两个星期，然后组织几次公开球赛，明白吗？

威　利　　好主意！

哈　皮　　等一下！咱们组织两个篮球队，明白吗？两支
水球队。然后咱们俩比赛。这种广告一百万美金也
买不来。哥儿俩，明白吗？洛曼兄弟。在皇家棕榈
大饭店——所有的旅馆里都贴上海报。球场跟游泳
池边上都挂上旗子："洛曼兄弟。"乖乖，你就看咱
们卖体育用品吧！

威　利　　这个主意就值一百万美金！

林　达　　太好了！

比　夫　　要这么干我现在身体条件正好。

哈　皮　　最妙的是，比夫，这么一来，这根本不像做买
卖，咱们俩又可以一块打球了……

比　夫　　对，这倒是……

威　利　　值一百万美金……

哈　皮　　而且你决不会觉得腻味，比夫。又都是咱们一
家人了。咱们彼此信得过，能同心协力，你要是想
去游个泳什么的——去好了！再也不必担心叫坏小
子抢了你的饭碗！

威　利　　征服全世界！你们两个家伙在一块保证征服整

个文明世界！

比　夫　我明天去见奥立弗。哈皮，咱们要是能计划周
　　　　全了——

林　达　也许咱们真该转运了——

威　利　（狂热地，对林达)别打岔！（对比夫)去的时
　　　　候别穿运动衫和便裤。

比　夫　不，我要穿——

威　利　穿规规矩矩的成套衣服，尽量少说话，千万别
　　　　开玩笑。

比　夫　他过去倒是喜欢我，一直对我有好感。

林　达　他可爱你呢！

威　利　（对林达)你少说两句！（对比夫)进门的时候
　　　　要严肃。会说笑话的人谁都喜欢，可没有人借
　　　　他钱。

哈　皮　我也想法去筹点款，比夫。我有把握。

威　利　我看你们这俩孩子前途无限。我看往后你们没
　　　　急可着了。可是别忘了，下大本儿才能赚大钱。跟
　　　　他要一万五。你打算借多少？

比　夫　哎哟，我不知道——

威　利　还有别老说“哎哟”。毛孩子才爱说“哎哟”。

打算跟人家借一万五千块的人不能说"哎哟"。

比　夫　一万块我看也到头了。

威　利　别那么小家子气。你一向就这个毛病。进门的
时候要春风满面，别一脑门子心事。一开头讲两个
你拿手的故事，活跃气氛。要紧的不在你说什么，
在你的风度——因为决定成败的总是个人魅力。

林　达　奥立弗一向对他印象可好呢——

威　利　你让不让我说话？

比　夫　别冲她嚷嚷，好不好，爸？

威　利　(发火)我正说话呢，对不对？

比　夫　我不喜欢您老是冲她嚷嚷，我要说清楚，没别
的意思。

威　利　你算老几，这个家你接管啦？

林　达　威利——

威　利　(转向她)你不用老向着他，他妈的！

比　夫　(大怒)不许你冲她嚷嚷！

威　利　(忽然倒抽一口气，颓然，内愧地)替我向奥
立弗问好——他也许还记得我。

　　　　　　　　　　　〔他从起居室的门下。

林　达　(压低了声音)你何必这样呢？(比夫转过身

115

去)你看见了，只要你的话里带着盼头，他立刻脾气就好了。（她走到比夫身旁）上楼去跟他说声晚安。别让他就这样上床。

哈　皮　走，比夫，咱们让他高兴一下。

林　达　我求你，亲爱的，就说一声晚安。你不费什么力气就能让他高兴。来吧。（她走进起居室的门，从那里朝楼上喊）你的睡衣在洗澡间里，威利！

哈　皮　（望着她的背影）真是个了不起的女人！现在找不着这样的人了。你知道吗，比夫？

比　夫　他的工资停了。老天爷，就靠拿佣钱！

哈　皮　那，咱们也得说实际的，他现在推销货物可算不了好手。话说回来，有时候他人倒是不错。

比　夫　（下了决心）借我十块钱，行吗？我要去买几根新领带。

哈　皮　我带你去个熟地方，东西漂亮。明天你穿一件我的条纹衬衫。

比　夫　她头发都白了。妈真是老了。真格的，我明天去见奥立弗，狠狠敲他一笔——

哈　皮　上楼去，告诉爸去，让他高兴高兴。走吧。

比　夫　（兴奋起来）我告诉你，要有了一万块钱，你瞧着吧！

哈　皮　（他们一边说一边走进起居室）这么说就对了，比夫，这是我头一次听你说话带着从前那种自信劲儿！（他们走进起居室，声音逐渐远去）你搬来跟我住，你要是看上了哪个妞儿，只要你一句话……（最后的话几乎是听不清楚的，他们正在走上楼梯，到父母的卧室里去）

林　达　（走进卧室，向正在洗澡间里的威利讲话。她在替他整理床铺）你能修修那个莲蓬头吗？漏水。

威　利　（从洗澡间中）忽然之间，所有的设备都坏了！他妈的这些水暖工，应该告他们去，这群人，刚修好没两天……（他的声音含混不清了）

林　达　我不知道奥立弗是不是记得他。你说他记得吗？

威　利　（穿着睡衣从洗澡间出来）记得他？你是怎么回事，发神经了？他要是一直待在奥立弗那儿，这会儿早当头头了！等奥立弗一见到他你就知道了。你不了解现在一般人都什么德行。今天那帮年轻人（他一边说一边上床）一丁点分量也没有。他这些年在外头鬼混倒是个好事。

> [比夫与哈皮走进卧室。短暂的停顿。

威　利　（一愣，看着比夫）你刚才说的事我很高兴，孩子。

哈　皮　他是来跟您说声晚安的，老头儿。

威　利　（对比夫）没错儿，狠狠敲他一下。你想跟我说什么？

比　夫　您就放心吧，爸，晚安。（他转身要走）

威　利　（抑制不住地）要是你跟他谈话的时候，桌上有东西掉在地上——纸包之类的东西——你千万别去捡起来。他们雇有茶房专管那类事。

林　达　明天我做一顿丰盛的早点——

威　利　你让我说完行不行？（对比夫）告诉他你在西部是做买卖的。别说干农活儿。

比　夫　就这样吧，爸。

林　达　我看一切——

威　利　（不管不顾地打断她的话）别把自个儿的价码定低了，至少一万五千块。

比　夫　（实在忍不下去了）OK，晚安，妈。（他开始往外走）

威　利　因为你是个了不起的人才，比夫，别忘了这一条。你各方面都了不起……（他躺倒，累垮了。比夫走出）

林　达　（朝着比夫大声）好好睡一觉，亲爱的！

哈　皮　我要结婚了，妈。我想跟您说一声。

林　达　睡觉去吧，好孩子。

哈　皮　（一边走着）我就是想跟您说一声。

威　利　你能这么干就好。（哈皮下）老天爷……记得在埃贝茨体育场那次球赛吗？全市冠军赛？

林　达　歇着吧，要不要我唱个歌？

威　利　好，给我唱吧。（林达低声哼起一支催眠曲）球队进场的时候——他个子最高，记得吗？

林　达　记得，金黄色的运动服。

〔比夫走进黑暗中的厨房，拿了一根烟，走到房门外。他走到台口部分，进入一圈金色的光中，他抽着烟，呆望着夜空。

威　利　像个朝气蓬勃的天神。希腊的大力神——真是那个意思。还有阳光，他浑身上下都是阳光。记得他怎么冲我招手吗？从球场里往上招手，我身边是三个大学的代表！还有我带去的主顾们，还有他出场时候群众的欢呼——洛曼，洛曼，洛曼！老天爷，他总有一天要出人头地。像他这么个明星，出类拔萃，绝不会埋没掉的！

〔照着威利的光暗下去了。楼梯旁，透过厨房的墙，煤气炉开始发光，通红的弯形管下面露出蓝色的光焰。

林　达　（胆怯地）威利，亲爱的，他到底为什么老跟你过不去呢？

威　利　我累极了，别说话了。

〔比夫慢慢地回到厨房，他停住了，注视着煤气炉。

林　达　你要不要要求霍华德让你在纽约工作呢？

威　利　明天一早就干。一切都没问题。

〔比夫探手到煤气炉后，拿出一根橡皮管子，他极为震动，转头看威利的卧室，那里仍有微光，传来林达哼着的绝望的、单调的歌声。

威　利　（通过窗户凝视着月光）哎哟，看看那个月亮，夹在大楼缝儿里移动！

　　　　〔比夫把管子团在手中，很快地走上楼梯。

　　　　　　　幕　落

第二幕

可以听见音乐，明快而欢乐。随着音乐的消逝，幕启。

[威利没穿外套，坐在厨房桌旁，一口一口地喝着咖啡，帽子放在腿上。林达每逢机会就给他把咖啡斟满。

威　利　咖啡真棒。能顶一顿饭。

林　达　我给你做点鸡蛋吧？

威　利　不用，你歇会儿吧。

林　达　看样子你歇得挺好，亲爱的。

威　利　我睡得好香啊，好几个月没这么香了。想想看，礼拜二早上一觉睡到十点，俩孩子一早就高高兴兴地走了？

林　达　不到八点就出家门了。

威　利　好样儿的！

林　达　看着他们俩一道走，真叫人高兴。满屋子都是刮胡子膏的香味儿，我真闻不够！

威　利　（笑着）哼——

林　达　比夫今天早晨可变样了。他整个态度都好像有奔头了。他简直等不及地要去城里见奥立弗。

威　利　他是要转运了。毫无问题，有些人就是这样——大器晚成。他穿的什么衣服？

林　达　那身蓝西装。他穿上那套衣服可神气了，简直像是——说他是什么人都行！

　　　　　〔威利离开桌子站起来。林达拿起上衣准备着给他穿上。

威　利　没有问题，毫无问题。哎哟，今天晚上回家的路上我想去买点种子。

林　达　（笑）那敢情好。可是这边阳光进不来，种什么也不长。

威　利　你别忙，要不了多久，咱们在乡下弄一块小地方，我种上点菜，养上几只鸡……

124

林　达　你准能做到，亲爱的。

　　　　　〔威利往前走，把外套甩下了。林达跟
　　　　　　随着他。

威　利　到那会儿孩子们也都结婚了，可以来跟咱们过
　　　　周末。我可以盖一间小客房，反正我有的是最好的
　　　　工具，我只要点木料，再就是心里别老这么乱。

林　达　（高兴地）我把里子缝好了……

威　利　我可以盖两间客房，他们俩都可以来。他拿定
　　　　主意问奥立弗借多少了吗？

林　达　（帮他穿上外套）他没提，不过我想是一万或
　　　　者一万五。你今天要跟霍华德谈吗？

威　利　谈。我要跟他开门见山。他不能叫我再跑码
　　　　头了。

林　达　还有，威利，别忘了跟他预支点工资，因为咱
　　　　们得付保险费。已经是宽限期了。

威　利　那得一百……？

林　达　一百零八块六毛八。咱们最近手头又紧了。

威　利　为什么手头又紧了？

林　达　那，汽车的马达修理费……

威　利　这个该死的斯图贝克！

林　达　电冰箱还得付一期款……

威　利　可它最近又坏过一回！

林　达　那，的确也够旧的了，亲爱的。

威　利　我早说过咱们应该买一个登大广告的名牌货。查利买的是通用牌的，二十年了，还挺好用，那个兔崽子！

林　达　可是，威利——

威　利　谁听说过黑斯丁牌的电冰箱？我真盼望，哪怕一辈子有一回呢，等我付清了分期付款之后，东西还能不坏！我现在是一天到晚跟垃圾场竞赛呢！我这辆汽车款刚刚付清，这辆车也快要散架了。电冰箱就疯子似的一根接着一根吃传动皮带。他们生产这种东西的时候都计算好了，等你付清最后一笔款，东西也就该坏了。

林　达　（替他扣上外套的纽扣，但他顺手又把它们解开）加在一块，大概二百块就够了，亲爱的。可这连分期买房的最后一笔钱都在内了。付清了这一笔，威利，房子就归我们了。

威　利　二十五年了！

林　达　咱们买这所房的时候比夫才九岁。

威　利　不管怎么说，这是件大事，能坚持二十
　　　　五年——

林　达　是个成就。

威　利　为改造这所房子，我丢进去多少洋灰、木料，
　　　　花了多少力气！现在从上到下连一个裂缝也找
　　　　不着！

林　达　不管怎么说，这些力气没白花。

威　利　怎么没白花？早晚来个素不相识的生人，搬进
　　　　来，就是这么回事。要是比夫肯要这所房，生儿育
　　　　女……(他开始离开)再见吧，我已经迟了。

林　达　(突然想起)噢，我差点儿忘了！他们要请你
　　　　吃晚饭。

威　利　我？

林　达　在弗兰克餐厅，四十八街上，靠第六大道。

威　利　真的！你呢？

林　达　没有我，就你们爷儿仨。他们要请你大吃
　　　　一顿！

威　利　没想到！谁的主意？

林　达　是比夫早晨来找的我，威利。他说："告诉爸，
　　　　我们要请他大吃一顿。"六点钟到那儿。你要跟两

个孩子一块下饭馆。

威　利　哎哟哟！这可是大事一桩啊。我今天要狠狠地敲打敲打霍华德。我要预支工资，我要把纽约的差事弄到手再回家。他妈妈的，我这回要动真格的了！

林　达　噢，威利，要的就是这股劲！

威　利　我这辈子再也不用开着车到处跑了！

林　达　咱们是要转运了，威利，我觉得出来！

威　利　毫无问题。再见，我已经迟了。（他又一次开始离开）

林　达　（一边跑到厨房桌旁去拿一块手绢，一边喊住他）你带着眼镜了吗？

威　利　（摸了摸身上，又回来）带着呢，眼镜在这儿。

林　达　（递给他手绢）还有手绢。

威　利　对，手绢。

林　达　还有你的糖精片呢？

威　利　对，糖精片。

林　达　坐地铁下楼梯的时候要当心。

　　　　〔她吻他，威利看见她手里拿着一只丝袜。

威　利　你不补袜子行不行？至少我在家的时候别补，

我受不了。没法儿说。我求求你。

> ［林达把袜子藏起来，然后随着威利走
> 到屋前台口。

林　达　别忘了，弗兰克餐厅。

威　利　（穿过台口时）说不定，那边能种甜萝卜。

林　达　（笑）你试过那么多次了。

威　利　是啊。好吧，今天别搞得太累了。（他自屋右
角处下）

> ［威利走了，林达向他招着手。突然电
> 话铃响。林达跑着穿过舞台到厨房中
> 拿起话筒。

林　达　喂？噢，比夫！你来电话太好了，我……没错
儿，我刚跟他说好，对，他六点准到那儿，我没
忘。听着，我正急着要告诉你，你记得我跟你说的
那根橡皮管子吗？他接到煤气炉上头的那个？我最
后拿定主意，今天早晨我到地窖子里去，想把它拿
走，把它扔了。可是它已经不在那儿了！你想想，
他自己把它拿掉了，不在那儿了！（她听着电话）
什么时候？噢，那么是你拿走的。嗨——没事儿，

129

我不过是希望是他自己拿走的就是了。噢，我没着急，亲爱的，因为今天早上他走的时候情绪可好呢，就像以往一样！我现在不担心了。奥立弗先生见你了吗？……那，你就在那儿等着吧。要给他个好印象，亲爱的。见面之前留点神，别出汗出得太多。还有，晚上跟爸好好吃一顿。他说不定也有好消息呢！……对，在纽约的差事。还有，今天晚上对他体贴点，要爱护他。因为他不过是需要照顾的一个可怜人。（她悲喜交集，禁不住全身颤抖）噢，那可太好了，比夫，那你就救了他的命了。谢谢你，亲爱的，他一进餐厅就搂住他，给他个笑脸。真是好孩子……再见，亲爱的。……你带着梳子吗？……太好了，再见，好比夫。

[在她这段话进行当中，霍华德·瓦格纳，三十六岁，推着一架平常放打字机、现在放着一台钢丝录音机的带轮子小桌，上。他给录音机接上电源。电源在台口左方。照着林达的光逐渐暗下去，照着霍华德的光亮起来。霍华德全神贯注地摆弄机器，只是在威

利出现时才回一下头。

威　利　嘿！嘿！

霍华德　哈啰，威利，进来。

威　利　有点事想跟你说说，霍华德。

霍华德　对不起，让你等了半天。我这儿马上就完。

威　利　这是什么，霍华德？

霍华德　你没见过这玩意儿？钢丝录音机。

威　利　哦。能跟你谈谈吗？

霍华德　能把声音录下来。昨天才交的货。真把我迷住
　　　　了，一辈子没见过这么妙的机器。折腾得我一夜
　　　　没睡。

威　利　这能干什么用？

霍华德　我原来买来是为了给秘书口述信件的，可它能
　　　　干的事多了。你听听这段。这是我昨天在家里录
　　　　的。你听，头一段是我女儿。仔细听啊。（他开动
　　　　机器，可以听见用口哨吹出的歌曲：《推出大酒
　　　　桶》）听听这孩子吹口哨。

威　利　跟真的一样，是不是？

霍华德　才七岁。你就听那调儿多准。

威　利　啧，啧。我想求你点小事……

　　　　　　[口哨声停了，可以听见霍华德的女儿

　　　　　的声音。

霍华德的女儿　"该你了，爸。"

霍华德　她可喜欢我了！（我们又听到口哨声，吹出

　　　同一个曲子)这是我！哈！（他挤弄了一下眼睛）

威　利　你吹得很好嘛！

　　　　　　[口哨声又停了。录音机里暂时没声音了。

霍华德　别出声！好好听着，这是我儿子。

霍华德的儿子　"亚拉巴马州的首府是蒙哥马利；亚利

　　　桑那州的首府是菲尼克斯；阿肯色州的首府是小石

　　　城；加利福尼亚州的首府是萨克拉门托……"（继

　　　续往下数……）

霍华德　（伸出五指)才五岁，威利！

威　利　他早晚能当个大播音员！

儿　子　（继续着)"……首府是……"

霍华德　你听清楚了吗——按字母排列的！（录音机突

　　　然停止了)稍等一下，这是女仆把插销踢开了。

威　利　这玩意儿还真——

霍华德　别出声，千万！

儿　子　"九点钟了。按照标准时间，我该睡觉了。"

威　利　这可真够——

霍华德　再等一下！下头是我太太。

〔他们等着。

霍华德的声音　"说呀，随便说什么。"（停顿）"怎么着，你说不说呀？"

他妻子的声音　"我想不出来说什么。"

霍华德的声音　"嗨，说吧——机器转呢。"

他的妻子　（胆怯地，没办法）"哈啰。"（停顿）"哎呀，霍华德，我对着这个玩意儿说不出话来……"

霍华德　（关掉录音机）刚才是我太太。

威　利　这个机器真有意思。咱们能不能——

霍华德　我告诉你吧，威利，我要把我的照相机，我那个转盘锯，所有我那些嗜好，全扔掉。我从来没见过这么消闲解闷的玩意儿。

威　利　我看我也要去弄一台。

霍华德　没错儿，才卖一百五十块一台，必不可少的玩意儿。比方说，你想听杰克·本尼的节目，明白吧？可偏巧放节目的时候你不在家。有了它，你就可以告诉女仆到时候把无线电打开，这玩意儿会自

133

己开动……

威　利　等你回家的时候……

霍华德　你就是夜里十二点、一点回家，不管什么时
　　　　候，拿上一瓶可口可乐，往那儿一坐，把机器一
　　　　开，嘿，三更半夜杰克·本尼表演节目哩！

威　利　我说什么也得去买一台。因为我经常开着车在
　　　　外边跑。我常自己想，我不定错过了多少无线电里
　　　　的好节目呢！

霍华德　你的汽车里没装收音机？

威　利　装是装了，可谁想得起来去听它呢？

霍华德　我说，你今天不是应该去波士顿吗？

威　利　我想跟你谈的就是这个事，霍华德。你这会儿
　　　　有点空吗？（他从边幕中拉出来一把椅子）

霍华德　出了什么事？你为什么在这儿？

威　利　这个……

霍华德　你不是又精神失常了吧？

威　利　哪里，没有……

霍华德　老天爷，刚才那一下子我还真吓了一跳。出了
　　　　什么事？

威　利　这个，说实话，霍华德，我拿定主意不想再到

处跑码头了。

霍华德　不跑码头了？那你想干什么？

威　利　记得吧，圣诞节那会儿，你在这儿请客那回？
　　　　你说你要想办法在城里给我找个差事。

霍华德　在我们这儿？

威　利　可不是。

霍华德　对，对，我记得。我想是想了，可没替你想出
　　　　办法来啊，威利。

威　利　你听我说，霍华德。孩子们都长大了，这你知
　　　　道。我现在用不着多少钱。我要是能挣——这么说
　　　　吧，一个礼拜六十五块钱，我也就够开销了。

霍华德　这我明白。可是威利，你得——

威　利　我告诉你为什么，霍华德。我这说的是老实
　　　　话，也就是跟你一个人说，你明白吗——我实在有
　　　　点累不起了。

霍华德　噢，这我理解，威利。不过你一向是跑码头
　　　　的，我们这个买卖也是靠跑码头才维持得住。我们
　　　　这儿的门市上才雇着五六个店员。

威　利　天知道，霍华德，我一辈子没求过人，可从你
　　　　父亲抱着你到这儿来的时候我就是这个公司的人。

135

霍华德　这我知道，威利。不过——

威　利　你出生的那天你父亲特意找到我，征求我的意见，霍华德这个名字合适不合适，但愿老爷子在天之灵安息吧。

霍华德　这我知情，威利，可我这儿确实没有你合适的差事啊。但凡有一个，我马上叫你来，没二话。可是我这儿一个差事也没有啊。（他找他的打火机，威利拿起它，递给了霍华德。停顿）

威　利　（越说越火）霍华德，我一个礼拜有五十块钱日子就能对付。

霍华德　可是我往哪儿安置你啊，伙计？

威　利　说清楚，不是因为我卖不出货去，不是吧？

霍华德　不是，可这是买卖，伙计，谁都得凭本事吃饭。

威　利　（急了）你听我告诉你一段故事，霍华德——

霍华德　没法子，亲是亲，财是财。

威　利　（怒）亲是亲，财是财，没错儿。可你好好听着，你根本不明白，我年轻的时候——十八九岁——我就已经跑上码头了。我当时脑子里老转，推销货物这一行有前途吗？因为那会儿我总惦记着去阿拉斯加。明白吗？当时在阿拉斯加一个月之内就发现了三处金矿苗，所以我也想去。哪怕是去凑凑热闹呢。

霍华德 （简直没有兴趣）真的？

威　利 那是，没错儿。我父亲在阿拉斯加待了不少年。他那个人一向胆大，敢闯。我们这一家子都有点这股劲头儿，不求人！我当时跟着我哥哥一道儿上那儿去找他，说不定就跟老头儿在北方安家落户了。都快拿定主意了，我在派克饭店遇见了一位推销员。他名字叫戴夫·辛格曼，当时八十四岁，在三十一个州卖了一辈子货。这个老戴夫，他就在楼上自己房间里，穿上他那双绿色的绒拖鞋——我一辈子忘不了——拿起电话跟买主通话，连屋子都不出，八十四岁的人，他就能挣钱养活自己。看见他我明白了，当推销员是一个人所能要求的最了不起的前途。因为还有什么比这更叫人心满意足的，八十四岁了，还有二十个，三十个城市可去，不管到哪儿，拿起电话，就有那么多人记得你，喜欢你，愿意帮你的忙！你知道吗，他死的时候——他死都像个推销员，穿着他那双绿绒拖鞋，坐在从纽约到纽黑文、哈特福德，去波士顿的火车里，在吸烟的车厢——他死的时候，好几百个推销员跟买主都去给他送葬。好几个月之后大伙在火车上说起他来还掉眼泪呢。(他站起身来。霍华德一直不看他)那年月这一行里讲的是人品，霍华德，讲的是尊敬、义气、有恩必报。现在，光剩下谋利，再谈交情、义气，没人理你——不讲人品了。你明白吗？人家不认我了。

霍华德　(朝右方走开)问题就在这儿，威利。

威　利　哪怕一个礼拜四十块钱——有这点我就够了。四十块钱，霍华德。

霍华德　我从石头里可挤不出水来啊，老兄。

威　利　(有点不顾一切了)霍华德，阿尔·史密斯被提名当总统那年，你父亲亲自找到我——

霍华德　(急于脱身)老兄，我约好了得见几位客人。

威　利　(拦住他)我说的是你父亲的事儿！当初在这间屋里他许下的愿！你不用跟我说什么要会客人——我在这个公司里干了三十四年，可是现在连保险费都交不起啦！你不能吃橘子把皮一扔就完了，人不是橘子。(停顿之后)你好好听着。你父亲——一九二八年是我得意的一年。那年，我平均每个礼拜光是佣钱就拿了一百七十块！

霍华德　（不耐烦）算了吧，威利，你从来也没拿到过——

威　利　（拍桌子）一九二八年我每个礼拜平均一百七十块！你父亲找到我——不对！是在这儿办公室里——就是在这个办公桌两边——他的手放在我肩膀上——

霍华德　（站起身来）实在对不起，威利，我约好了得见几位客人。控制一下自己嘛。（朝外走）我一会儿就回来。

　　　　〔霍华德下场后，他原来坐的椅子发出奇特而明亮的光。

威　利　控制一下自己！我他妈的对他说什么来着？老天爷，我冲着他大喊大叫啦！怎么可以呢！（他住了口，呆视着照在椅子上的光。那光似乎使椅子活起来了。他朝椅子走过去，隔着桌子，站在椅子对面）弗兰克，弗兰克，你总记得那天你跟我是怎么说的吧？你怎么把手放在我肩膀上，弗兰克……

      [他向前倚在桌子上，正当他说到那死
      去的人的名字时，他意外地碰开了录
      音机的开关，马上……

霍华德的儿子 "……纽约州首府是奥尔巴尼，俄亥俄
      州的首府是辛辛那提，罗得岛的首府是……"（声
      音继续背诵下去）

威　利 （吓得跳开，大叫）啊! 霍华德! 霍华德! 霍
      华德!

霍华德 （跑进来）什么事?

威　利 （指着录音机，从那里正发出带着鼻音的孩
      子的背诵各州首府的声音）把它关掉! 关掉!

霍华德 （拔掉插销）听我说，威利……

威　利 （用手捂住眼睛）我得去喝杯咖啡，喝杯
      咖啡……

      [威利开始往外走。霍华德拦住了他。

霍华德 （一边绕起电线）威利，听我说……

威　利 我就去波士顿。

霍华德 威利，你不能再代表我们去波士顿了。

威　利　为什么不能?

霍华德　我不要你再代表我们了。我早就想跟你说
　　　　清楚。

威　利　霍华德,你难道要开除我?

霍华德　我觉得你该好好休息一阵子了,威利。

威　利　霍华德——

霍华德　等到你觉得好一些了,你再来,咱们再商量看
　　　　有什么办法。

威　利　可是我得挣钱呀,霍华德。我的处境不
　　　　允许——

霍华德　你的两个儿子呢?他们不能帮你一把吗?

威　利　他们正在筹划一桩大买卖。

霍华德　这个节骨眼可不是死要面子的时候,威利。去
　　　　找你的儿子,告诉他们你累得不行了。你那两个孩
　　　　子都混得不错,对不对?

威　利　噢,那毫无问题,毫无问题,可是眼下这个时
　　　　候……

霍华德　那咱们就这么定了,呃?

威　利　好吧,我明天就去波士顿。

霍华德　不,不。

威　利　我不能赖在孩子身上。我又不是残废！

霍华德　听我说，伙计，我今天事儿忙。

威　利　（抓住霍华德的胳膊）霍华德，你得让我去波士顿！

霍华德　（冷冷地，控制着自己）我今天上午约好了得见一大堆客人。坐下，歇五分钟，控制住自己，然后就回家，好不好？我这个办公室还要用呢，威利。（他开始往外走，想起了录音机，回身往外推走带轮子的小桌）噢，对了，你这个礼拜得空的时候，来一趟把那点样品交回来。你过些天会好起来的，威利，到时候你回来，咱们再商量。控制住自己，伙计，外边有客人。

　　　　　　　　〔霍华德推着小桌自左方下。威利呆视前方，累垮了。音乐声起——本伯伯的主题——先是遥远的乐声，然后越来越近。当威利开口的时候，本自右方上。他提着旅行包，拿着伞。

威　利　噢，本，你是怎么干的？诀窍在哪？你在阿拉斯加的买卖已经谈妥了？

本　　只要你心里有数，那费不了多少时间，不过是一次干净利落的买卖。还有一个钟头上船，来跟你告个别。

威　利　本，我得跟你谈谈。

本　(看表)没时间了，威廉。

威　利　(走过台口，到本身边)本，没一件事称心如意，我不知道该怎么办了。

本　那，听我说，威廉，我在阿拉斯加买了一片林场，需要有人在那儿替我照看。

威　利　老天爷，林场！我跟我的俩孩子要是能到那么个开阔的地方去多好！

本　走出大门就是一片新大陆，威廉。离开这些城市吧，这儿光会说空话，分期付款，打官司。到那儿，攥紧拳头就能打出天下来。

威　利　对，对！林达！林达！

　　　　　[林达上，像过去的样子，端着洗过的衣服。

林　达　噢，您回来了？

本　我没多少时间。

威　利　不，等一下！林达，他在阿拉斯加给我找了一份差事。

林　达　可是你在这儿——（对本）他在这儿有一份挺好的差事。

威　利　可是到了阿拉斯加，伙计，我能——

林　达　你在这儿挣得足够了，威利！

本　（对林达）足够干什么的，亲爱的？

林　达　（对本又气又怕）你少跟他说这些！足够我们在这儿好好地过安生日子，现在就够！（对威利，本在一旁大笑）为什么每一个人都要去征服世界？你在这儿人缘好，孩子们爱你，有朝一日——（对本）就是嘛，前两天瓦格纳老头子亲口对他说的，照这样干下去，他很快就能当上公司的合伙人了，他是这么说的吧，威利？

威　利　没错儿，没错儿。我在这家公司里干得有成绩，本，只要有成绩，那我这条路就是走对了，是不是？

本　你的成绩是什么，拿出来看看，在哪儿呢？

威　利　（犹疑了）他说得对，林达，都是空的。

林　达　怎么呢？（对本）有一个老头儿，八十四岁了——

威　利　没错儿，我一想起他，我就说，有什么可担

144

心的？

本　去你的吧！

威　利　真的，本。他只要到任何一个城市，拿起电话，就能挣大钱，你知道为什么吗？

本　（拿起旅行包）我得走了。

威　利　你就看看这个小伙子！

　　　　　〔比夫，穿着中学时代的套头毛衣，提着箱子，上。哈皮替他拿着护肩，金色的头盔和足球运动短裤。

威　利　他一分钱也没有，可是三所大学抢着求他去，一旦进了大学，他前途无限，什么也挡不住他了。因为要紧的不是你干什么，本，要紧的是你认识谁，是你脸上的笑容，要紧的是关系，本，关系！整个阿拉斯加的财富在海军上将大饭店的午餐桌上就能倒个手！这叫了不起，这就是咱们这个国家最了不起的地方，在咱们这儿一个人能挣到金刚钻，就凭他招人喜欢！（他转对比夫）所以你今天在球场上露面，重要无比，因为成千上万的人要为你加油，他们热爱你。（对又要离去的本）还有，本，等到他一旦走进商界，他的名字响当当，各处要为他四门大开。我见过，本，这种事我见过一千次！
这不像木材，摸不着，看不见，可照样管事！

本 　再见吧，威廉。

威　利 　本，我说得对不对？难道你觉得我不对？我拿
你的意见当回事。

本 　跨出大门就是新大陆，威廉。走出去就能发财，发
财！（他不见了）

威　利 　我们在这儿也能发财，本，你听见了吗？我们
要在这儿发财！

　　　　　〔年轻时代的伯纳德跑进来。孩子们欢
　　　　　乐的主题音乐响起。

伯纳德 　哎哟嗬！我还怕你们已经走了呢！

威　利 　怎么，什么时候了？

伯纳德 　一点半了！

威　利 　那好，来吧，全体出动！下一站是埃贝茨体育
场！彩旗都在哪儿？（他穿过厨房的墙线，自右
屋下）

林　达 　（对比夫）你带好干净内衣了吗？

比　夫 　（比夫一直在做着比赛前的准备活动）我巴不
得现在就走。

146

伯纳德　比夫，我给你拿头盔，对吧？

哈　皮　不行，我要拿头盔。

伯纳德　哟，比夫，你答应我的。

哈　皮　我拿头盔。

伯纳德　那我怎么能进更衣室呢？

林　达　让他拿着护肩好了。（她在厨房中穿上大衣，
　　　　戴上帽子）

伯纳德　行吗，比夫？我跟大伙儿都说了，我要进更
　　　　衣室。

哈　皮　在埃贝茨体育场那叫运动员休息室。

伯纳德　我是想说休息室。比夫！

哈　皮　比夫！

比　夫　（稍停之后慨然允诺）让他拿着护肩吧。

哈　皮　（把护肩交给伯纳德）紧跟着我们。

　　　　　　　　　　　　　　　〔威利拿着彩旗跑回来。

威　利　（把彩旗分发给大家）等比夫一进运动场大家
　　　　就都摇晃旗子。（哈皮与伯纳德跑下）你准备好了
　　　　吗孩子？

　　　　　　　　　　　　　　　　　　〔音乐声渐去。

比　夫　全准备好了，爸，从头到脚。

威　利　（在台口处）你明白今天事关重大吗？

比　夫　没错儿，爸。

威　利　（摸着比夫的肌肉）今天回家的时候，你就是纽约市各校冠军队队长。

比　夫　放心吧，爸。别忘了，伙计，我摘下头盔得分的那一趟是为你跑的。

威　利　咱们出发！（他搂住比夫往外走时，查利像过去那样穿着灯笼裤）我可没空地方了，查利。

查　利　空地方？干什么？

威　利　汽车里。

查　利　你们要兜风去？我是想跟你打牌来的。

威　利　（大怒）打牌！（难以置信地）你难道不知道今天是什么日子？

林　达　嗨！他知道，威利，他跟你逗着玩呢。

威　利　这不是逗着玩儿的事！

查　利　我没逗，林达，出了什么事？

林　达　他今天在埃贝茨体育场赛球。

查　利　这天气打棒球？

威　利　别理他。来吧！来吧！（他推他们走）

查　利　等一下，你们没听新闻吧？

威　利　什么事？

查　利　难道你们没听广播？埃贝茨体育场刚才炸
　　　　飞了。

威　利　滚你的！（查利大笑，威利推他们下）走吧，
　　　　走吧，要迟到了。

查　利　（朝着他们的后影）跑个全垒，比夫，跑个
　　　　全垒。

威　利　（只剩下他了，转身向查利）我觉得这一点也
　　　　不可笑，查利，今天是他一生最重要的日子。

查　利　威利，你到哪年才能长大啊！

威　利　哦，是吗？等到这场球赛完，查利，你就不笑
　　　　了，就应该你哭了，人家会管他叫另一个体育明
　　　　星，格兰奇，一年挣两万五。

查　利　（逗他）当真？

威　利　唉，当真。

查　利　那好吧，我道歉，威利。不过你得告诉我一
　　　　件事。

威　利　说吧。

查　利　格兰奇是谁呀？

威　利　我要揍死你，你个该死的，我要揍死你！

〔查利笑着，摇头，沿着舞台左角走开了，威利在他身后，带讽刺味道的急促的音乐声升高。

威　利　你他妈的算老几，老觉得你比谁都强，是不是？你屁也不懂，你没知识，还要犯混……我要揍死你！

〔舞台前部右方的灯光亮起来，照亮了查利的公事房中接待室里的一面小桌，可以听见街上市内交通的声音。伯纳德现在已长大成人，坐在那里一个人吹着口哨，他身边地上放着一对网球拍和一个过夜用的小旅行包。

威　利　（声音来自舞台外）你有本事别溜走，你别溜走！你要有话当着我面说！我知道你背地笑话我，等这场球赛完你就不笑了，你就该哭了。得分了！得分了！八万观众，得分！正好在大门柱中间。

〔伯纳德是个沉静、认真然而自信的青年人。威利的声音现在从舞台右方传来。伯纳德把脚从桌上放下来，倾听。珍妮，他父亲的女秘书，上。

珍　妮　（焦虑）我说，伯纳德，你到门厅去一下好
　　　不好？

伯纳德　外头吵吵什么？是谁？

珍　妮　洛曼先生，他刚出电梯。

伯纳德　（站起身来）他在跟谁吵？

珍　妮　没有人，他身边没有人。我实在对付不了他
　　　啦！可他每次来都闹得你父亲六神无主。我有好多
　　　东西等着打印，你父亲还得签字呢，你见见他好
　　　不好？

威　利　（走进来）得分！得——（他看见了珍妮）珍
　　　妮，珍妮，见着你我就高兴，你怎么样？工作呢？
　　　还当老实人吗？

珍　妮　我很好，您身体好吗？

威　利　不行了，不顶用了，哈，哈！（他意外地发现
　　　网球拍）

伯纳德　您好，威利大叔。

威　利　（简直大吃一惊）伯纳德！好哇，瞧这是谁来
　　　了。（他很快地带着自责的心情走到伯纳德面前
　　　热情地握他的手）

伯纳德　您好，好久不见了。

威　利　你到这儿干什么来了？

伯纳德　路过，来看看爸爸。火车没开之前歇歇脚，过
　　　　几分钟我就走，去华盛顿。

威　利　他在吗？

伯纳德　在，在办公室里跟会计谈话呢，您坐下。

威　利　（坐下）你去华盛顿干什么？

伯纳德　嗨，我在那参与一个案子，威利。

威　利　原来如此，（拍网球拍）到那儿还打网球。

伯纳德　我准备住在朋友家，他那儿有网球场。

威　利　真的，自己趁个网球场，了不起的人呐，准
　　　　得是。

伯纳德　是啊，非常好的人，爸告诉我说比夫回来了。

威　利　（喜笑颜开）对，比夫在家，正筹备个大买卖
　　　　呢，伯纳德。

伯纳德　比夫现在干什么呢？

威　利　嗯，他在西部混得挺不错，可他决定还是到这
　　　　儿来成家立业，大买卖，我们今天一道进晚餐。我
　　　　听说你太太生了个儿子。

伯纳德　对。我们第二个了。

威　利　两个小子，谁想得到！

伯纳德　比夫的买卖是什么路子？

威　利　是这样，比尔·奥立弗——体育用品一行的大
　　　　人物——他一死儿地要比夫来。从西部把他叫回
　　　　来，长途电话，条件由比夫挑。你的朋友有私人网
　　　　球场？

伯纳德　你还在那个公司做事吗，威利？

威　利　（停了一下）我——我看你在事业上一帆风顺
　　　　实在高兴，伯纳德——实在高兴，我受到鼓舞，看
　　　　见青年人能真——真——比夫的前途挺有希望——
　　　　挺——（他说不下去了，然后）伯纳德——（他激
　　　　动得又说不下去了）

伯纳德　什么事，威利？

威　利　（变得渺小而孤独）到底——到底诀窍在哪
　　　　儿呢？

伯纳德　什么诀窍？

威　利　你——你是怎么成功的？他怎么就老不行呢？

伯纳德　这我可说不上来，威利。

威　利　（绝望中说出心里话）你是他的朋友，从小的
　　　　朋友，这里头有的事我不明白。从那次埃贝茨体育

场球赛以后，他这一辈子就完了，从十七岁以后，他就没碰上过一件好事。

伯纳德　他一直没学什么专业。

威　利　不！他学过，学过。中学以后他学过多少函授课程啊，什么无线电工程，电视，天知道学了多少，可是一点作用没起。

伯纳德　（摘下眼镜）威利，你要我说老实话吗？

威　利　（站起来，面对着伯纳德）我认为你是个才华出众的人，伯纳德，我重视你的意见。

伯纳德　嗨，什么意见不意见的，威利，我提不出意见来，只不过有一件事我一直想问你。就在他该毕业的时候，数学老师给了他个不及格——

威　利　哦，那个婊子养的毁了他。

伯纳德　是啊！不过，威利，他只是需要参加暑期补习学校，然后补考就行了。

威　利　是这么回事，是这么回事。

伯纳德　是你不要他去补习学校吗？

威　利　我？我求他去。我下命令叫他去。

伯纳德　那为什么他不肯去呢？

威　利　为什么？为什么？伯纳德，这个问题像个鬼似

的缠着我十五年，他数学不及格，然后就像当头一
棒，躺下就死了。

伯纳德　别激动，伙计。

威　利　让我跟你说说——我没有旁人可说，伯纳德。
伯纳德，是不是怨我啊？你明白吗？这些年我脑子
里老是转，是不是我对不起他。我一无所有，没东
西给他。

伯纳德　别往心里去。

威　利　为什么他就躺倒不干了呢？这里头是怎么回
事？你过去是他的朋友！

伯纳德　威利，我记得，那是六月，分数出来了，他数
学不及格。

威　利　那个婊子养的！

伯纳德　还不是那会儿的事。当时比夫只不过是生气，
我记得，他当时是准备去参加补习学校的。

威　利　（惊讶）是吗？

伯纳德　他一点也没为这事抬不起头来，可是，这之后
有差不多一个多月，在我们那条街上没见着他，我
当时的印象是，他到新英格兰找你去了。那会儿他
是不是找你谈了？

〔威利沉默地呆视着前方。

伯纳德　威利？

威　利　（声音里流露出了强烈的不满）不错，他到波
　　　　士顿来了。那又怎么样呢？

伯纳德　也没什么，只不过是他回来的时候——这我一
　　　　辈子忘不了，我始终没明白是怎么回事，因为我一
　　　　向佩服比夫，虽然说他一向欺侮我，我对他有感
　　　　情。威利你明白吗？过了那个月他回来了，拿着他
　　　　的运动鞋——记得那双鞋吧，上头印着“弗吉尼亚
　　　　大学”的？他对那双鞋可自豪了，天天穿。可是那
　　　　天，他把鞋拿到地窖子，在锅炉里把它烧了。我们
　　　　俩动手打了一架，至少打了半个钟头。就我们两
　　　　个，在地窖子里你一拳我一拳地打，一边打一边
　　　　哭。我常想，多么奇怪，我当时就知道他这一辈子
　　　　什么都不想干了。在波士顿出了什么事了，威利？

〔威利怀有敌意地看着他。

伯纳德　因为你问我，我才提起这件事。

威　利　（怒冲冲地）什么事也没出。你是什么意思，
　　　　“出了什么事？”这扯得上吗？

伯纳德　嗨，别发火嘛。

威　利　你要干什么，把责任都推到我的身上？他躺下不干都怪我不好？

伯纳德　我说，威利，别这样——

威　利　那你——你别这样跟我说话！什么意思，"出了什么事？"

　　　　　［查利上。他只穿着背心，手里拿着一瓶美国威士忌。

查　利　嘿，你可要误火车了。（摇晃着酒瓶）

伯纳德　对，我正要走，（他拿过酒）谢谢，爸。（他拿起网球拍和旅行包）再见，威利，别为这事烦恼，你知道，"大器晚成"——

威　利　对，我信这一条。

伯纳德　再说，威利，有时候也得拿得起，放得下。

威　利　放得下？

伯纳德　对。

威　利　可要是你放不下呢？

伯纳德　（稍停之后）那恐怕就不好办了。（伸出手来）再见吧！威利。

威　利　（握着伯纳德的手）再见，孩子。

查　利　（搂着伯纳德的肩膀）你看这个小伙子怎么样？

要在最高法院辩护一个案子。

伯纳德　（抗议地）爸。

威　利　真的，最高法院？

伯纳德　我非走不可了，再见，爸。

查　利　把他们都震趴下，伯纳德！

　　　　　　　　　　　　　　　　　　〔伯纳德下。

威　利　（这时查利拿出钱夹子）最高法院！他连说都
　　　　没说！

查　利　（数出钱来放在桌上）他用不着说——干了是
　　　　真格的。

威　利　你从来也没告诉过他该怎么干，是不是？你对
　　　　他从来没上过心。

查　利　我这个人一向没倒大霉就因为我对什么都没上
　　　　过心。这儿是钱——五十块。屋里头伙计等着
　　　　我呢。

威　利　查利，听我说——（难以出口）我得交保险费，
　　　　你手里要是宽裕——我需要一百一十块。

　　　　　　　　〔查利半晌没有回答，只是一动不动。

威　利　我本来可以从银行里提，可那样林达就知道
　　　　了，可是我……

查　利　坐下，威利。

威　利　（走向椅子）别忘了，我这些都记在账上呢！我一定还清，分文不差。（他坐下）

查　利　你好好听着，威利。

威　利　你好好听着，我知情——

查　利　（在桌上坐下）威利，你这是要干什么？你他妈的脑袋里是怎么想的？

威　利　怎么了？我不过——

查　利　我说过给你个差事，一个礼拜你能挣五十块，再说我也不让你去跑码头。

威　利　我有差事。

查　利　没有薪水的差事？那也叫差事？（他站起来）行了，你听着，什么事也不能过头，我这人不是天才，可我也明白了，你看不起我。

威　利　看不起你？

查　利　你为什么不肯在我手下干？

威　利　你胡扯什么，我有差事。

查　利　那你干吗每个礼拜到我这儿来？

威　利　（站起来）好吧，要是你不愿意我来——

查　利　我说了给你个差事。

威　利　我不要你那个鬼差事!

查　利　你他妈的哪年才长大呀?

威　利　(大怒)你屁也不懂,你要再敢跟我说这种话我就揍你!我不怕你个儿大!(他摆好架势准备打架。停顿)

查　利　(温和地,走到他身旁)你需要多少,威利?

威　利　查利,我无路可走,无路可走了。我该怎么办?刚才人家把我开除了。

查　利　霍华德把你开除了?

威　利　就是那个小兔崽子。你想得到吗?我给他起的名字,霍华德这个名字是我起的。

查　利　威利,到哪年哪月你才明白,这种事屁钱都不值!你给他起名字叫霍华德,可这件事你卖不出去。在这个世界上只有卖得出去的东西才是你的。奇怪的是,你是推销员,可是你不懂这个。

威　利　我一向不愿意这么想,大概是。我一向觉得,一个人只要仪表堂堂,招人喜欢,那就什么也——

查　利　人家凭什么喜欢你?谁又喜欢银行大王摩根来着?他难道仪表堂堂?在澡堂子里他的模样就像个宰猪的。可是穿上衣服,口袋里有钱,谁都喜欢他。你听我说，威利，我知道你不喜欢我，也没人会说我爱上了你，可我这儿说我愿意给你个差事，因为——鬼知道因为什么，就这么说吧。好了，你说怎么样吧？

威　利　我——我就是不能在你手下干，查利。

查　利　你怎么回事，妒忌我吗？

威　利　我就是不能在你手下干，就这么回事，别问我为什么。

查　利　（怒，拿出更多的钞票）你一辈子都妒忌我，你这个混蛋！拿去，交你的保险费吧。

　　　　　　　　　　［他把钱塞在威利手里。

威　利　我一笔一笔都记着账呢。

查　利　我还有公事。好好照顾自己吧。把保险费都交了吧。

威　利　（朝右边走）怪事，你知道吗？一辈子在公路上、火车上赴约会，这么多年，结果是死了比活着值钱。

查　利　威利，谁死了也一文不值。（短暂的停顿）你听见我说什么了吗？

　　　　　　　　　　［威利静立不动，陷入幻想。

查　利　威利!

威　利　你见到伯纳德的时候替我道个歉。我本来没想跟他拌嘴。他是个好孩子。都是好孩子，将来都了不起——他们每一个都一样，有朝一日他们会在一块儿打网球。祝我交点好运吧，查利。他今天去见了奥立弗。

查　利　希望你交好运吧。

威　利　（眼泪盈眶）查利，我就剩下你这么一个朋友了。你说这怪不怪?（下）

查　利　老天爷!

　　　　〔查利瞪眼看了一阵威利的背影，然后随下。舞台全暗。突然，刺耳的乐声起，右边纱幕后亮起红色的光。一个年轻的侍者斯坦利上，搬着一张桌子，他身后是哈皮，搬着两把椅子。

斯坦利　（放下桌子）您用不着，洛曼先生，我一个人干得了。（他转身从哈皮手中接过椅子，放在一旁）

哈　皮　（周围看着）唉，这儿好多了。

斯坦利　没错儿，前头那块儿吵得厉害。往后不管什么时候您要请客，洛曼先生，给我个话，咱们就在这儿办。您不知道，有好些个客人还不喜欢安静，人家来这儿就是图个热闹，因为在家里闷得慌。可我摸得着您的心思，您不是那号俗人。是不是这个意思？

哈　皮　（坐下）混得怎么样啊，斯坦利？

斯坦利　别提了，还不如条狗呢。当年打仗的时候要是把我征兵征去就好了。那这会儿我早死了，省心了。

哈　皮　我哥哥回来了，斯坦利。

斯坦利　嗬，他回来了，呃？从老远的西部回来了。

哈　皮　对，畜牧业里的大人物，我哥哥，所以你好好伺候他。我父亲今儿也来。

斯坦利　哦，老爷子也来！

哈　皮　今儿有大龙虾吗？

斯坦利　没错儿，保险个儿大。

哈　皮　我要带钳子的。

斯坦利　放心，绝不能拿两只耗子糊弄您。（哈皮大笑）还得来点葡萄酒吧？助助兴。

哈　皮　不要。你还记得我从国外给你带来的那个配酒的秘方吧？里头掺香槟酒的？

斯坦利　没错儿，记得。还在厨房墙上贴着呢。可那每一位至少一块钱。

哈　皮　行，没事儿。

斯坦利　怎么，您中了彩票了？

哈　皮　不是，小小地庆祝一下，我哥哥今天——我看他今天做成了一件大买卖。我们俩可能合伙做生意。

斯坦利　太棒了！这个办法最好。因为都是一家人，您明白我的意思？——好办法。

哈　皮　我也这么想。

斯坦利　因为，有点什么也不怕。比如偷吧。反正是一家子。明白我的意思吧？（放低声音）就说我们这儿这位酒吧间的伙计吧，他那个现金柜是个无底洞，把老板都快气疯了。他那个柜子净吃不拉。

哈　皮　（抬头）嘘——！

斯坦利　什么事？

哈　皮　你看清楚了，我一直没往两边看，对吧？

斯坦利　对。

哈　皮　而且我一直闭着眼睛。

斯坦利　那又怎么样呢——？

哈　皮　来了个漂亮妞儿。

　　　　〔斯坦利领会了他的意思，向四周张望。

斯坦利　嗨，没有啊，没看见——

　　　　〔这时一位穿着皮毛大衣，服饰华丽的
　　　　　少女走进来，打断了斯坦利的话，两
　　　　　个人都目不转睛地看着她。

斯坦利　老天爷，您是怎么知道的？

哈　皮　我身上有雷达，大概是。（直盯着她的侧影）
　　　　嘿——！斯坦利。

斯坦利　看您的本事吧，洛曼先生。

哈　皮　你看那嘴。老天爷。还有那对水灵灵的——

斯坦利　老天爷，您算赶上了，洛曼先生。

哈　皮　去招待这位客人呐。

斯坦利　（走到少女桌旁）小姐，给您拿份菜单吧？

少　女　我正在等人，不过我想先要——

哈　皮　你何不给她来一杯——对不起，小姐，请您原
　　　　谅。我是推销香槟酒的，我想请您品尝一下我们的
　　　　牌号。斯坦利，给小姐端一杯香槟来。

少　女　您太客气了。

哈　皮　没事儿。反正都跟公司报销。（他大笑）

少　女　推销这种货物倒挺高雅的，是不是?

哈　皮　嗨，推销什么到头都差不多。都是货物呗，您明白。

少　女　大概是这样。

哈　皮　您不是干推销这行吧?

少　女　不，我什么也不卖。

哈　皮　虽说初次见面，我得夸赞您，希望您别反对，您应该上杂志封面。

少　女　（带点高傲地看了他一眼）上过了。

　　　　　　　　　　〔斯坦利端着一杯香槟酒上。

哈　皮　我跟你怎么说的，斯坦利?你看出来了吗?人家是封面女郎。

斯坦利　哦，看得出来，看得出来。

哈　皮　（对少女）哪家杂志?

少　女　嗨，好几家呢。（她拿起酒杯）谢谢。

哈　皮　您知道他们在法国怎么说吗?香槟酒是美容酒——嗨，比夫!

　　　　　　　　　　〔比夫上，与哈皮坐在一起。

比　夫　哈啰，老弟。对不起我来晚了。

哈　皮　我也刚来。呃，这位小姐贵姓？

少　女　佛赛特。

哈　皮　佛赛特小姐，这是我哥哥。

比　夫　爸来了吗？

哈　皮　他名字叫比夫。您也许听说过他，有名的足球
　　　　运动员。

少　女　真的？哪个球队？

哈　皮　您对足球熟悉吗？

少　女　不，可惜我不熟悉。

哈　皮　比夫是纽约巨人队的后卫。

少　女　是嘛，那真不错，是不是？（她喝酒）

哈　皮　祝你健康。

少　女　很高兴认识你们。

哈　皮　我名字叫哈皮。本来是哈罗德，可是在西点军
　　　　校大伙都管我叫哈皮。

少　女　（不禁肃然起敬）哦，是这么回事。你好！（她
　　　　转过脸去以表现自己的侧影）

比　夫　爸怎么不来？

哈　皮　你要这个妞不要？

比　夫　嗨，我高攀不上。

哈　皮　我记得你过去从来没有这种思想。你原来那点
　　　　自信心哪儿去了。比夫？

比　夫　我刚见了奥立弗——

哈　皮　等一会儿。我要先看见你恢复自信。你要她不
　　　　要？这种妞招手就来。

比　夫　不会的。（他转身端详少女）

哈　皮　告诉你没错儿，不信你瞧着。（他转身向少
　　　　女）亲爱的？（她转向他）有约会吗？

少　女　嗯，有是有……不过我可以打个电话。

哈　皮　那就打一个，好不好，亲爱的？还有，想法带
　　　　个朋友来。我们在这儿还要待一会儿呢。比夫是全
　　　　国少有的足球运动员。

少　女　（站起来）好吧，我很高兴交个朋友。

哈　皮　请吧。

少　女　我试试吧。

哈　皮　光试试不行，亲爱的，得卖点力气。

　　　　〔少女下。斯坦利随她下，赞叹地摇着头。

哈　皮　你看这是不是不像话？这么个漂亮姑娘？所以
　　　　我没法结婚，一千个少女里没有一个好的。纽约城

里这号的到处都是，伙计！

比　夫　哈皮，听我说——

哈　皮　我说的怎么样，招手就来！

比　夫　（不知何故，泄了气）少说这些，行不行？我
　　　　要跟你谈正事。

哈　皮　你见着奥立弗了吗？

比　夫　见是见着了。听着，我要跟爸爸好好谈谈，你
　　　　得帮我忙。

哈　皮　谈什么？他决定掏钱支持你？

比　夫　你疯了吧？你完全是说胡话，你知道吗？

哈　皮　怎么？出了什么事？

比　夫　（上气不接下气）我今天干了一件可怕的事，
　　　　哈皮，我从来没过过这么奇怪的一天。我现在浑身
　　　　麻木，真格的。

哈　皮　是不是他不肯见你？

比　夫　反正，我等了六个钟头，明白吗？一整天。不
　　　　断往里头报我的名字。我甚至于跟他的女秘书拉交
　　　　情，订约会，希望她能帮助我见着他，可全没用。

哈　皮　就是因为你现在缺少你原先那股自信劲儿，比
　　　　夫。他还记得你吗？

比　夫　（一摆手打断他）最后，快五点了，他才出来。根本不记得我是谁，是干什么的。我真觉得无地自容，哈皮。

哈　皮　你跟他谈我那个佛罗里达的想法了吗？

比　夫　他转身就走了。我见了他一分钟。我气坏了，恨不得把那间屋子拆了！我怎么会昏了头，居然以为自己在那儿当过推销员？连我自己都信了，我当过他的推销员！他看了我一眼——我一下子就明白了，我是多么荒唐！这十五年了，我们说的都是梦话。我当初在他那儿不过是个登记货物的小职员！

哈　皮　你后来怎么办呢？

比　夫　（极其紧张，同时又不能想象自己怎么会干出那种事）他就走了呗，明白吗？后来那个女秘书也走了。接待室里就剩下我一个人了。我不知道是什么鬼缠住了我，不知道怎么一来，我进了他的办公室——墙上都有护墙板，讲究得很。我说不清楚。我——哈皮，我拿了他的自来水笔。

哈　皮　天，他抓住你了吗？

比　夫　我跑出来的。十一层楼我是跑下去的。我拼命地跑啊，跑。

哈　皮　这可真够蠢的——你为什么要干这种事呢？

比　夫　（痛苦地）我不知道，我就是——我要拿点什么，我不明白。你得帮助我，哈皮，我得跟爸说清楚。

哈　皮　你疯了？干什么？

比　夫　哈皮，他得明白，谁也不肯拿出大笔钱借给像我这样的人。他老以为我这些年就是对他有怨气，这成了他的一块心病。

哈　皮　问题就在这儿。你得跟他说点好听的。

比　夫　我说不出来。

哈　皮　告诉他你跟奥立弗约好了明天一道吃中饭。

比　夫　那到明天我怎么办？

哈　皮　你明天白天出来，晚上再回家，就说奥立弗正在考虑这件事，让他考虑个十天半个月的，慢慢地这件事就过去了，谁也不吃亏。

比　夫　可是这样一来永远也没个头！

哈　皮　爸一向最高兴的就是事情有个盼头！

〔威利上。

哈　皮　哈啰，老头儿。

威　利　真格的，我多少年没到这儿来了！

171

〔斯坦利随威利上，替他摆好一把椅

子。当他要离开时，哈皮拉住了他。

哈　皮　斯坦利！

〔斯坦利停住了，等候吩咐。

比　夫　（带着自责的心情走近威利，像对病人似

的）坐下，爸。想喝点什么吗？

威　利　行啊，我没意见。

比　夫　咱们好好喝一通。

威　利　你好像有心事？

比　夫　没——没有。（对斯坦利）一人一杯威士忌。

都要双料的。

斯坦利　双料的，行喽。（下）

威　利　你们都喝过点了，是不是？

比　夫　对，喝了点。

威　利　好吧，说说经过吧，孩子。（他肯定地点着

头，微笑着）一切顺利吧？

比　夫　（深吸一口气，然后伸出手来抓住了威利的

手）老伙计……（他鼓起勇气笑着，威利也对他笑

着）我今天的经历可不寻常。

哈　皮　太棒了，爸。

威　利　真的？怎么回事？

比　夫　（兴奋，略有酒意，有点不管不顾）我要从头到尾说给你听。这一天不比寻常。（沉默。他向周围看了看，竭力使自己平静下来，但是急促的呼吸常常打断他的话的节奏）我等了他好长时间，我——

威　利　奥立弗？

比　夫　对，奥立弗。等了整整一天，说实在的。等的时候我想起来我一生当中好多事——好多实际情况，爸。是谁说的，爸？是谁头一个说的我给奥立弗当过推销员？

威　利　那，你本来就当过。

比　夫　不对，爸，我当过登记货运的小职员。

威　利　可是你已经差不多——

比　夫　（下了决心）爸，我不记得是谁头一个这么说，可是我从来也没有给奥立弗当过推销员。

威　利　你这是胡扯些什么？

比　夫　咱们今天晚上就谈实际情况，爸。糊弄自己什么也解决不了。我当时就是登记货运的小职员。

威　利　（怒）好吧，你好好听着——

比　夫　你让我说完嘛。

威　利　什么过去的情况，什么乱七八糟的，我不感兴趣！现在火烧眉毛了，孩子们，明白吗？我现在走投无路了。今天人家把我开除了。

比　夫　（震惊）他们怎么可以呢？

威　利　开除了。我现在要的是一点好消息，好告诉你母亲，因为老太太一直在等着，一直在受苦！说干脆的吧，我编不出故事来了，比夫。所以你不用给我上课，什么实际情况，什么事实，我不感兴趣，你到底要告诉我什么？

　　　　　〔斯坦利端着三杯酒上。他们一直等到他走开。

威　利　你到底见着奥立弗没有？

比　夫　老天爷，爸！

威　利　你是说你根本没去？

哈　皮　他当然去了。

比　夫　我去了。我——见着他了。他们怎么能开除你呢？

威　利　（坐在椅子边上）他是怎么欢迎你的？

比　夫　就连光拿佣金都不让你干了？

威　利　我完蛋了！（逼迫）告诉我，他欢迎你的态度热情吗？

哈　皮　当然了，爸，那还用说！

比　夫　（被逼）反正，还可以——

威　利　我还担心他不记得你了呢。（对哈皮）想想这个人十年、十二年没见面了，还这样欢迎他！

哈　皮　没错儿！

比　夫　（努力想采取主动）听我说，爸——

威　利　你知道他为什么记得你吗？知道不？就因为当年你给他留了个好印象。

比　夫　咱们心平气和地谈，谈实际情况，好不好？

威　利　（好像是比夫打断了他的话头）说吧，经过怎样？这可是好消息，比夫。他是把你让到办公室还是在接待室谈的？

比　夫　是这样，他进来了，然后——

威　利　（笑容可掬）他怎么说？他准是伸开两手抱住了你。

比　夫　呃，他好像是——

威　利　那是个了不起的人。（对哈皮）平常人要想见他都难，你知道吗？

哈　皮　（附和）那是，我知道。

威　利　你是在他那儿先喝了两杯吧？

比　夫　是啊，他请我喝了——不，不！

哈　皮　（连忙插话）他跟他说了我那个佛罗里达的
　　　　想法。

威　利　别打岔。（对比夫）他对佛罗里达反应怎么样？

比　夫　爸，你让我说清楚行不行？

威　利　我从一坐下来就等着你说清楚！经过怎么样？
　　　　他把你请进办公室，然后呢？

比　夫　那——我就说了。他——他就听了，明白吧？

威　利　这个人有名的就是他善于听取别人的话，你知
　　　　道吗，他怎么回答的？

比　夫　他回答说——（说不下去了。突然冒火）爸你
　　　　根本不让我说我要说的话！

威　利　（也火了，指责地）你根本没见他，是不是？

比　夫　我见他了！

威　利　你把他惹翻了还是怎么的？你把他惹翻了，是
　　　　不是？

比　夫　行了，饶了我吧，您就饶了我吧，行不行？

哈　皮　他妈的全乱套了!

威　利　告诉我出了什么事!

比　夫　(对哈皮)我没办法跟他说话!

　　　　　　[一声刺耳的号声。屋子上出现了绿色
　　　　　　　的树叶,使它带上夜景和梦幻的色
　　　　　　　调。年轻时代的伯纳德上,敲门。

年轻的伯纳德　(六神无主)洛曼太太!洛曼太太!

哈　皮　告诉他是怎么回事嘛!

比　夫　(对哈皮)别说了,别逼我了!

威　利　不行,不行!你偏偏要数学不及格!

比　夫　什么数学?你说的是什么?

年轻的伯纳德　洛曼太太!洛曼太太!

　　　　　　[林达在屋子中出现,像过去的样子。

威　利　(狂躁地)数学!数学!数学!

比　夫　静一静,爸!

年轻的伯纳德　洛曼太太!

威　利　(怒不可遏)你要不是不及格,早就成家立
　　　　业了!

比　夫　听着,我现在告诉你经过,你好好听我说。

年轻的伯纳德　洛曼太太!

比　夫　我等了六个小时——

哈　皮　你他妈的胡说什么？

比　夫　我不断往里报自己的名字，可是他不肯见我。
　　　　一直到最后……（他接着说下去，但声音听不见
　　　　了，同时照着餐厅的灯光暗下去了）

年轻的伯纳德　比夫数学不及格！

林　达　不！

年轻的伯纳德　比恩包姆给了他不及格！人家不让他
　　　　毕业！

林　达　可是他们不能那么干，他还得上大学呢。他到
　　　　哪儿去了？比夫！比夫！

年轻的伯纳德　不在，他走了。他到火车站去了。

林　达　火车——那，他准是到波士顿去了！

年轻的伯纳德　威利大叔在波士顿吗？

林　达　也许威利能跟老师谈谈。哎，这个可怜的
　　　　孩子！

　　　　　　　　　　　　　〔照着房子的灯光骤灭。

比　夫　（依然在桌旁说着，声音听得见了。他手上
　　　　拿着一支金笔）……所以我跟奥立弗那儿算是吹
　　　　了，明白吧？你听见我说的话了吗？

威　利　（茫然）听见了，当然，你要不是不及格——

比　夫　什么不及格？你在说什么？

威　利　不能什么事都怨我！我没有数学不及格——是你！什么钢笔？

哈　皮　这事你太蠢了，比夫，这杆笔可值钱啦！

威　利　（第一次看清了金笔）你拿了奥立弗的笔？

比　夫　（气馁）爸，我刚才跟您解释了。

威　利　你偷了奥立弗的自来水笔！

比　夫　不能说我是偷的！我刚才解释半天了！

哈　皮　他当时手里拿着那杆笔，正好奥立弗进来了，他一紧张，就把笔插在兜里了！

威　利　老天爷，比夫！

比　夫　我绝不是故意的，爸！

电话接线生的声音　斯坦迪什饭店，您好！

威　利　（大喊）我不在房间里！

比　夫　（害怕）爸，你这是怎么了？（他与哈皮站起身来）

接线生　马上接通，找洛曼先生的！

威　利　我不在，别接！

比　夫　（吓坏了，在威利面前单腿跪下）爸，我一定好好干，我一定好好干。(威利挣扎着要站起来，比夫按住他坐下)先坐下。

威　利　不，你好不了，你干什么也好不了！

比　夫　我能好好干，爸，我一定另找个事干，明白吗，以后什么也别担心了。(他捧起威利的脸)跟我说句话吧，爸。

接线生　洛曼先生的电话没人接，要不要我派人喊他？

威　利　(挣扎着要站起，似乎是想冲过去使接线生静下来)不，不，不！(往前冲)

哈　皮　他能谋上个好差事，爸。

威　利　不，不……

比　夫　(不顾一切地，站起身来，俯视着威利)爸，听着！听我说！我要告诉你点好事。奥立弗跟他的合伙人谈了我们的佛罗里达计划。听见了吗？他——他跟他的合伙人谈了，他又找了我……我要走运了，你听见了吗？爸，听我说，他说只需要考虑一下数目！

威　利　这么说，你——弄到手了？

哈　皮　他以后要成大事了，爸！

威　利　(使劲站起来)这么说，你弄到手了，是不是？

到手了！到手了！

比　夫　（痛苦地按着威利坐下）没有，还没有，听着，爸，我本应该跟他明天一道吃中饭。我告诉您这个是让您知道我在市面上还吃得开，爸。我一定在别处干出个样儿来，可是明天我不能去，明白吗？

威　利　为什么？你非去——

比　夫　可是这杆笔，爸！

威　利　你把笔还给他，说是一时疏忽！

哈　皮　没错儿，跟他一道吃饭去！

比　夫　我没法儿那么说——

威　利　就说你正在填写字谜，顺手用了他的笔！

比　夫　听着，伙计，当年我拿了那些球，现在又交出一杆钢笔，这不是不打自招吗？我不能这样见他的面！我一定到别处去试。

旅馆茶房的声音　洛曼先生有人找！

威　利　你难道就不想干点事业？

比　夫　爸，我怎么能回去见他？

威　利　你什么也不愿意干，是不是这么回事？

比　夫　（由于威利不相信他的真心诚意，也火了）别老这样对待我！我当年对不起他，现在又回去见他，您以为这样容易吗？八匹马拽着我也不愿意再去见奥立弗！

威　利　那你为什么又去了？

比　夫　为什么又去？为什么又去？看看你自己！看看你的下场！

　　　　　　　　　　　　　〔左边，某妇人的笑声。

威　利　比夫，你明天一定得去吃那顿午饭，不然——

比　夫　我没法去。没人请我！

哈　皮　比夫，你何必……！

威　利　你是不是又把怨气撒在我身上？

比　夫　别这样对待我！去他妈的！

威　利　（打了比夫，然后摇摇摆摆地离开桌子）你这个没出息的下三滥！想拿我撒气？

某妇人　有人在门外头，威利！

比　夫　我没出息，难道你还看不出来？

哈　皮　（努力把他们分开）嘿，这是在饭馆里！别折腾了，你们俩！（两个少女上）哈啰，姑娘们，请坐。（右边，某妇人的笑声）

佛赛特　我看坐坐也好。这是莱塔。

某妇人　威利，你到底醒不醒啊？

比　夫　（甩开威利）你好，小姐，请坐。你们想喝点什么？

佛赛特　莱塔待不了多久。

莱　塔　我明天得早起。选中了我去当陪审员。紧张死了！你们俩家伙当过陪审员吗？

比　夫　没有，可是我叫人家审过！（少女们大笑）这是我父亲。

莱　塔　那样儿多逗啊，跟我们坐会儿吧，老头儿。

哈　皮　让他坐下，比夫！

比　夫　（走到威利身旁）来吧，老将出马，咱们好好喝一通，把我们都喝趴下！管它天塌地陷呢！来吧，坐下，老伙计。

　　　　〔在比夫最后坚持之下，威利走过来预备坐下。

某妇人　（声音变得急迫了）威利，你到底去不去开门！（某妇人的声音使得威利停住了脚步。他朝右边走去，昏头昏脑地）

比　夫　嘿，你上哪儿去？

威　利　开门。

比　夫　门？

威　利　厕所……门……门在哪儿?

比　夫　(领威利到左边)顺这儿一直走。

〔威利朝左走。

某妇人　威利,威利,你到底起来不起来,起来不
　　　　起来?

〔威利自左方下。

莱　塔　你们肯带爸爸出来够意思。

佛赛特　嗨,我才不信他是你们爸爸呢!

比　夫　(在左边,转过身来,对她的话愤然)佛赛特
　　　　小姐,刚刚走开的是个了不起的人。品格高尚,受
　　　　尽折磨的了不起的人,你明白吗,讲义气。一辈子
　　　　都为孩子操劳。

莱　塔　真够意思。

哈　皮　好吧,姑娘们,咱们今儿是什么节目?别浪费
　　　　时间。来吧,比夫,打起精神来,你想上哪儿?

比　夫　你为什么不替他出点儿力?

哈　皮　我!

比　夫　他是死是活你一点也不在乎?

哈　皮　你胡说什么?在这儿守着他的是我——

比　夫　我觉得出来,他是死是活你压根不在乎。(他

从衣袋里拿出卷起来的橡皮管子，放在桌上，哈皮面前)看吧，这是我在地窖子里找着的，天知道。你怎么能眼看着不管呢？

哈　皮　我？是谁拔腿就走了？是谁远走高飞——

比　夫　不错，可是你根本不把他放在心上。你能帮他一把——我不能！你难道不明白我说的是什么？他要自杀，你不知道吗？

哈　皮　我怎么不知道！我！

比　夫　哈皮，帮他一把！天哪……帮帮他……帮帮我，帮帮我，看见他那样子我受不了！（忍不住要哭，他急步从右上方走下）

哈　皮　（朝他追了两步)你上哪儿去？

佛赛特　他干吗那么大火儿啊？

哈　皮　跟我来，姑娘们，咱们追他去。

佛赛特　（被哈皮推着往外走)我说，我可不喜欢他这号脾气！

哈　皮　他就是爱激动，其实是大好人！

威　利　（他的声音从左边传来，夹杂着某妇人的笑声)别开门！别开门！

莱　塔　不跟你父亲说一声？

哈　皮　嗨，那不是我父亲，一个过路的。来吧，咱们去追比夫。告诉你，亲爱的，今儿晚上咱们要大闹纽约城！斯坦利，拿账单啊！嘿，斯坦利！

〔他们走了。斯坦利朝左边张望。

斯坦利　（生气地朝着哈皮的背影)洛曼先生！洛曼先生！

〔斯坦利抓起一把椅子，随他下。从左方传来敲门声。某妇人上，大声笑着。威利随她上。她穿着黑色的衬裙，威利正在系衬衫上的纽扣。他们的对话中伴似粗野的、色情的音乐。

威　利　别笑了行不行？别笑了！

某妇人　你倒是开不开门啊？他快把整个旅馆都吵起来了。

威　利　我没约人在这儿见面。

某妇人　亲爱的，再喝一杯酒吧，别老觉得你天下第一重要，好不好?

威　利　我真寂寞啊。

某妇人　你知道吗？你把我害苦了，威利！从今天起，你只要一露面，我马上把你送到买主那儿去。决不让你在我那儿等着，威利。你把我害苦了。

威　利　谢谢你的好意。

某妇人　说真的，你这个人总觉得你天下第一重要。干吗愁眉不展的？我从没见过像你这样天下第一、愁眉不展的人。（他大笑。他吻她）到屋里去吧，跑买卖的小伙子，半夜三更的把衣服又都穿起来不成神经病了吗？（又听到敲门声）你到底去不去开门？

威　利　他们敲错了门了。

某妇人　可是我明明听见那儿在敲，再说人家也听得见咱们在这儿说话。说不定旅馆着火了！

威　利　（越来越恐惧）是敲错了。

某妇人　那你也得去把他打发走啊！

威　利　外头没人。

某妇人　我的神经受不了，威利。外头站着个人，我神经受不了！

威　利　（把她从身边推开）那好，你先到洗澡间，别出来。我记得马萨诸塞州有那么一条法律，所以别出来。说不定是那个新来的管登记房间的。他长那样就不像好东西。所以别出来。是弄错了，没着火。

〔又听见敲门声。他从她身边走开，她在边幕中消失了。光追着威利走，照见他与年轻的比夫面对面站在那里，比夫手里提着个衣箱。比夫朝他走了两步。音乐声消逝了。

比　夫　怎么不开门呢？

威　利　比夫！你到波士顿来干什么？

比　夫　您怎么不开门？我敲了有五分钟，我还打电话——

威　利　我刚听见。我在洗澡间，门关着。家里出事啦？

比　夫　爸——我对不起您。

威　利　你是什么意思？

比　夫　爸……

威　利　小比夫，这是怎么啦？（搂住比夫）走，咱们下楼去，请你喝一杯麦乳精。

比　夫　爸，我数学不及格。

威　利　不是大考吧？

比　夫　是大考。我学分不够了，毕不了业。

威　利　难道说伯纳德不肯给你答案？

比　夫　他给了，他尽量给了，可我才得了五十六分。

威　利　他们就硬不给你加四分？

比　夫　比恩包姆说什么也不干。我求他了，爸，可他就是一分也不肯添。你得在学校关门以前跟他谈。因为他只要一看您是什么样的人，您再用您的办法跟他一谈，他准得对我高抬贵手。您知道吗，数学课总安排在练球时间前，我缺课缺多了。您跟他谈谈行不行？他准得喜欢您，爸。您知道您说起话来有那么股劲儿。

威　利　行了，咱们马上就开车回去。

比　夫　哦，爸，太棒了！您只要一去他准得把分数改了！

威　利　下楼去告诉账房我马上结账。现在就去。

比　夫　是喽，爸，您知道他为什么恨我，爸——有一天他迟到了，我就跑到黑板前头学他来着。我学他那个斗鸡眼，说话大舌头。

威　利　（大笑）你学他？同学们高兴吗？

比　夫　大伙儿都乐趴下了！

威　利　是吗？你怎么学的？

比　夫　山百山十山的平方根……（威利不禁放声大

笑，比夫也跟着笑起来）可是正热闹呢，他进
来了！

　　　　　　　　［威利大笑，某妇人在台后随着大笑。

威　利　（毫不犹豫地）快下楼去——

比　夫　那里边有人吗？

威　利　没有。那是隔壁的声音。

　　　　　　　　　　　　［某妇人的笑声传来。

比　夫　你的洗澡间里有人！

威　利　没有，是隔壁，他们有个宴会——

某妇人　（走进来，笑着，也学着大舌头）我也"掺"
　　　加行吗？威利，"找"盆里有个东西，还"债"那
　　　儿活动呢！

　　　　　　［威利看着比夫。比夫震惊地瞪着某妇人。

威　利　啊——您现在可以回您自己的房间去了。油漆
　　　工大概也干完了。他们在她屋里油漆粉刷呢，所以
　　　我让她在这儿冲个澡。回去吧，回去吧……（他推
　　　她走）

某妇人　（抗拒）可我得穿上衣服呀，威利。我总
　　　不能——

威　利　出去！回去，回去……（突然努力若无其事）

190

这是弗兰西斯小姐，她是个买主。他们正在油漆她的房间。回去吧，弗兰西斯小姐，回去吧……

某妇人　可是我的衣裳呢？我不能光着到过道里去啊！

威　利　（把她推进边幕）马上给我滚！回去吧，回去吧！

　　　　　　[在台后两个人的继续争吵声中，比夫慢慢地在箱子上坐下。

某妇人　我的袜子呢？你答应了给我袜子，威利！

威　利　我这儿没有袜子！

某妇人　你有两盒九号的纯丝袜子是给我的，你得给我！

威　利　拿去，拿去，老天爷，你赶紧滚！

某妇人　（拿着一盒丝袜子上）过道里没人就好了。我就怕有人。（对比夫）你是打棒球的还是踢足球的？

比　夫　足球。

某妇人　（又羞又恼）跟我一样，让人踢了。再见吧。（她从威利手中抢过衣服，昂首走出）

威　利　（停顿以后）好吧，咱们上路吧。我想明天一早就到学校。你把我的衣服从柜子里拿出来，我去拿箱子。（比夫不动）怎么了，你？（比夫仍然不动，泪流满面)她是个买主，代表 J. H. 西蒙斯公司的采购。她就住在过道那头——他们正油漆那个房间呢。你别胡思乱想——(他说不下去了。停顿)听着，伙计，她就是个采购的。她在房间里看货，所以房间得像个样儿……(停顿。采取命令的口吻)行了，给我拿衣服去。(比夫不动)好了，别哭了，听话。我可给你下命令了。比夫，我下命令了！我下命令的时候这样爱搭不理的吗？你怎么敢还哭！(搂住比夫)听着，比夫，等你长大了你就明白这路事了，千万别——千万别把这路事看得太重。我明天一早就去见比恩包姆。

比　夫　算了。

威　利　(蹲下来，在比夫身旁)怎么能算了！他一定给你把分数加上，我保证。

比　夫　他不会听你的。

威　利　他就得听我的，你得有这几分才能上弗吉尼亚大学。

比　夫　我不去了。

威　利　什么？我要是没法让他改分数，你就参加暑期补习，把分数找补回来。你有一夏天的时间——

比　夫　(忍不住哭出声来)爸……

威　利　(被他感染)哦，孩子……

比　夫　爸……

威　利　我对她没感情，比夫。我就是寂寞，寂寞得
　　　　要死。

比　夫　你——你把妈妈的袜子送给她了！(眼泪涌
　　　　出，站起来要走)

威　利　(想抓住比夫)我给你下了命令！

比　夫　别碰我，你这个——骗子！

威　利　说这种话，你跟我道歉！

比　夫　你两面派！你是虚伪、卑鄙的两面派！(控制
　　　　不住自己，他放声痛哭，拿起手提箱，转身急
　　　　下。剩下威利一人跪在地上)

威　利　我给你下命令了！比夫，马上回来，要不我打
　　　　你！马上回来！我要抽你！(斯坦利自右方匆匆
　　　　上，站在威利面前)

威　利　(对着斯坦利喊)我给你下命令……

斯坦利　嘿，得了，得了，洛曼先生。(他扶威利起
　　　　来)您的两位少爷跟那两个婊子走了。他们说到家

再见您。

> ［远远地出现了另一个侍者看着。

威　利　可是我们原来约好了一块吃晚饭的。（音乐声起，威利的主题）

斯坦利　您一个人行吗？

威　利　我——没事儿，我行。（忽然担心自己的衣服）我这样子——这样子可以吧？

斯坦利　没事儿，您这样儿蛮可以。（从威利的衣领上拂掉一点灰尘）

威　利　拿着——这是一块钱。

斯坦利　嗨，您别介——您少爷已经付过了。

威　利　（把钱塞到斯坦利手中）不，你拿着。你这个小伙子不错。

斯坦利　别介，您用不着……

威　利　拿着，这儿还有呢，我反正是用不着钱了。（暂停之后）告诉我——附近有卖种子的铺子吗？

斯坦利　种子？您是要种点什么？（在威利转身时，把钱又塞回他衣袋里）

威　利　对，胡萝卜啊，豌豆啊……

斯坦利　那，第六大道上倒是有几家五金店，就怕现在太晚了。

威　利　（着急了）那我快走吧，我得去买点种子。（他朝右方走）我得去买点种子，马上就要。什么也没种，我那儿地里什么也没有。

　　　　　〔威利快步走出，灯光暗下来。斯坦利搬起桌子，跟在他后面，到右边看着他的背影。另一侍者一直瞪眼看着威利。

斯坦利　（对侍者）怎么了，有什么可瞧的？

　　　　　〔那个侍者搬起椅子，自右方下。斯坦利搬着桌子随他下。这个表演区的灯光暗下来了。长时间的停顿。长笛的音乐复起。厨房里的光渐明，但是里面空无一人。哈皮在房子门口出现，后面跟着比夫。哈皮手里拿着一大束长梗的玫瑰花，他进入厨房，四周找林达。由于没见到她，他转向房门外的比夫，做了一个手势，表示"看样子没在这儿"。他向起居室里一看，愣住了。林达在里面坐着，我们看不见她，威利的上衣放在她腿上。她一声不响地、阴森森地站起来，朝哈皮走过去。哈皮害怕地退步到厨房中。

哈　皮　哟，您怎么还没睡哪?(林达不开口，但是毫不留情地朝他走过来)爸在哪儿?(他一直朝右边走，林达全身出现在通向起居室的门口)他睡了吗?

林　达　你们到哪儿去了?

哈　皮　(故作轻松地笑了笑)我们碰上了两个妞儿，挺不错的人，拿着吧，我们给您带了点花来，(把花递给她)放在您屋里吧，妈。

　　　　〔她一下子把花摔到比夫的脚下。这时比夫已经进了屋，关上了门，她直瞪着比夫，一言不发。

哈　皮　您这是干什么?妈，我是真心想给您点花——

林　达　(打断了哈皮的话，严厉地对比夫)他是死是活你放在心上吗?

196

哈　皮　（朝楼梯走去）上楼吧，比夫。

比　夫　（爆发出一股厌恶的情绪，对哈皮）离我远点，（对林达）您这是干什么？是死是活，咱们这儿没人要死呀，老伙计。

林　达　别叫我再看见你！滚出去！

比　夫　我要见爸爸。

林　达　我不许你靠近他！

比　夫　他在哪儿？（他走进起居屋，林达跟在后面）

林　达　（对着他的背影喊）你请他去吃饭，他一整天眼巴巴地盼着——（比夫在父母的卧室中出现，看了一眼又出去了）——结果你们把他甩在那儿了。对素不相识的人也不能这样！

哈　皮　怎么了？他跟我们在一块的时候玩得可高兴了。您听我说，要是我——（林达回到厨房中）——有一天会甩他，叫我不得好死！

林　达　滚出去！

哈　皮　听我说，妈……

林　达　你就非得今天找女人吗？你那些臭烂婊子！

〔比夫回到厨房。

197

哈　皮　妈，我这是跟着比夫遛遛弯儿，想给他解解闷儿就是了！（对比夫）好家伙，你折腾得我们够呛！

林　达　滚出去，你们两个都滚出去，再也别回来！我不许你们再折磨他。现在就走，收拾东西去吧。（对比夫）你到他那个公寓房子住去吧！（她刚要捡起地上的花，又停住了）你把它捡起来，我不是你们的老妈子，捡起来呀！你这个臭流氓！（哈皮背转身去，表示拒绝，比夫慢慢地走过来，跪下捡起花束）

林　达　你们俩是野兽，没有人，绝没一个有人心的能这么残忍，把他一个人丢在饭馆里！

比　夫　（不看她）他是这么说的？

林　达　用不着他说，你们让他丢尽了脸，他回来的时候，简直是爬着进来的。

哈　皮　可是妈，我们在一块的时候他可高兴呢——

比　夫　（粗暴地打断他）别说了！

　　　　　　　　〔哈皮一语不发，上楼去了。

林　达　还有你！你居然没进去看看他是死是活！

比　夫　（仍然跪在地上，面对着林达，手里拿着花，自我谴责地)说得对，没去，他妈的什么也没干，这像什么话？就让他一个人去厕所里胡说八道。

林　达　你这个臭流氓！你……

比　夫　您这算说对了！(他站起身来，把花扔在废纸篓里)不折不扣的败类就是我！

林　达　滚出去！

比　夫　我得跟老头子谈谈，他在哪儿？

林　达　我不许你接近他。从这个家滚出去！

比　夫　(充分自信地，决断地)不行。我们得直截了当地谈一次，他跟我。

林　达　我不许你跟他说话！

　　　　　〔从右边屋外传来了锤子敲打的声音。

林　达　(忽然转为哀求)我求求你，随他去吧！

比　夫　他在外面干什么？

林　达　在花园里种东西！

比　夫　(压低了声音)这个时候？我的天哪！

　　　　　〔比夫走出屋子，林达跟在后面，照着
　　　　　　他们的灯光暗下去了，台口凸出处亮
　　　　　　起来，威利走到台口中央。他拿着手

电筒，一把锄头和几小袋种子。他敲了敲锄头，使之与锄把嵌紧，然后朝左走，用步子量着距离。他用手电筒照着种子袋，读着上面的说明，他全身浸在夜色的蓝光中。

威　利　胡萝卜……间隔四分之一寸。每垄……相隔一尺。（他量着距离。他放下一袋种子，继续量）甜菜头，（他又放下一袋种子继续量）莴笋。（他读了袋上的说明，放下）一尺……（这时本从右边出现，打断了他的话，本慢慢地走向他）多好的主意，啧，啧。真高明！因为老太太受了多少罪啊，本，她真受尽了折磨。你明白我的意思吗？一个人空着手来可不能空着手走啊，本，总得留下点什么啊，总不能，不能——（本走向他，好像要打断他的话）你得好好斟酌斟酌，别马上就回答我。别忘了，这是稳稳当当的两万块钱的主意。听着，本，我要你跟我一道里里外外把这件事想透了，我没人可谈，本，可这老太太受了多少罪啊，你听清楚了吗？

本　（站住了，考虑着）是个什么主意？

威　利　我的人寿保险啊！我一死，两万元哪！两万块现款哪，保证兑现，不折不扣明白吗？

本　你可别上当。说不定人家到时候不认账呢。

威　利　他们敢不认！难道我没有拼死拼活每次都按期交款？到这时候他们想不付钱了？不可能！

本　人家说你这是胆小鬼干的事，威廉。

威　利　凭什么？难道往后我一辈子傻等，一分钱都挣不着就成英雄好汉了吗？

本　（让步）你说的也有道理，威廉。（他走了两步，想着，想着，然后转过身来）再说，两万块——倒是用手摸得着的，实实在在的。

威　利　（有了信心，越说越理直气壮）哦，本，这个主意妙就妙在这儿！在我眼睛里它像一块钻石，在黑暗里发着光，又硬又糙，我能捡得起来，摸得着的钻石，不像——不像是个约会！这不会又是那么一个混蛋的约会，本，这一下子各方面就都活了！因为现在他觉得我什么都不是，你明白吗，所以他把怨气都撒在我身上。可是到了出殡的时候——（挺起身子）本，这回出殡可是要盛况空前哪！从缅因州、马萨诸塞州、佛蒙特州、新罕布什尔州都要来人！所有我那些老相识，车上都是稀奇古怪的牌照——这孩子要目瞪口呆，本，因为他从没想到——我是个有名的人物！罗得岛、纽约、新泽西——人们都知道我。本，他这回要亲眼看看，往后再也没得说了。这下子他就知道我是什么人了，本！他要大吃一惊，这孩子！

本　（走到花园的边缘）他会说你是胆小鬼。

威　利　（突然感到恐惧）不，那太可怕了。

本　他会的，还说你是糊涂虫。

威　利　不，不，不能让他这么说，这我不答应！（他走投无路，垮了）

本　他要恨你的，威廉。

　　　　　　　　　　　〔孩子们欢乐的主题音乐响起。

威　利　唉，本，怎么才能回到从前那些好日子去呢？那会儿总是阳光明朗，全家一条心，冬天去滑雪橇，他脸上红喷喷的。再说，总有好消息。总是有奔头、有盼头。我一到家，从不让我提箱子，一天到晚给我那辆小红车打蜡，擦得它闪闪发光！怎么现在，怎么我就不能给他留点东西，又不让他恨我呢?

本　你让我想一想。(他看了一下表)我还有点时间。
　　你这个主意了不起,可是你得有把握别上当。

　　　　　〔本悠然地向舞台深处退去,隐没了,
　　　　　比夫自左方上。

威　利　(突然感到比夫来了,转身抬头看了他一
　　　　眼,然后胡乱地捡起一袋袋的种子)他妈的那个
　　　　种子到哪儿去了?(气鼓鼓地)这儿什么也看不见!
　　　　这一片地方全叫他们用大楼封起来了!

比　夫　周围都是人。你不知道吗?

威　利　我这儿忙呢!别打扰我。

比　夫　(从他手里拿过锄头)我是来告别的,爸。
　　　　(威利看着他,说不出话,一动不动)我以后不回
　　　　来了。

威　利　你明天不去见奥立弗了?

比　夫　他没有请我,爸。

威　利　他用胳膊搂着你,可是没请你?

比　夫　爸,咱们把事情说清好不好?我每次离开家,
　　　　都是咱们吵架之后我走的。今天我对自己增加了一
　　　　分理解,就想跟您解释清楚,是我——我大概是太

笨，我怎么也跟您说不清楚。什么这事怪谁，那事怪谁都去一边的吧。（他挽住威利的胳膊）咱们从此不再争了，好吧？走，进屋去，咱们告诉妈去。（他轻轻拉威利向左边去）

威　利　（僵止，不动，声音中流露出内疚）不，我不要见她。

比　夫　来吧！（他又拉，同时威利挣扎着脱身）

威　利　（极度紧张地）不，不，我不要见她。

比　夫　（仔细注视着威利的脸，想从中找到答案）您为什么不要见她？

威　利　（严厉起来）别打搅我，听见了吗？

比　夫　您是什么意思，您不要见她，您总不愿意人家叫你胆小鬼吧？这事不怪您，怪我，我是二流子。来吧！进屋去！（威利挣扎着要脱身）您听清楚我的话了吗？

〔威利挣脱了比夫一个人疾步走入房。

比夫跟在他后面。

林　达　（对威利）你把菜都种上了吗，亲爱的？

比　夫　（在门口对林达）好了，我们都谈清了，我要

204

走了，而且今后我也不写信了。

林　达　（在厨房中走近威利）我看最好还是这样，亲爱的，因为再拖下去也没有用，你们俩总是搞不到一块。

〔威利不回答。

比　夫　人家要是问我去哪儿，去干什么，就说你们不知道，也不想知道，这样你们也就用不着为我担心了，你们也就又可以无忧无虑过日子了。这样好吧？一切都清楚了，是不是？（威利不语，比夫走到他面前）祝我交点好运吧，老伙计？（伸出手来）您说怎么样？

林　达　跟他拉拉手吧，威利。

威　利　（转向她，满腔忧愤）根本用不着提那支钢笔的事，你知道。

比　夫　（轻轻地）人家没有约我，爸。

威　利　（爆发）他抱住了你的肩膀……？

比　夫　爸，你永远也看不清楚我是什么人，所以咱们何必争呢？要是我发现了油田，我准给您寄张支票来。在那以前，忘了我吧。

威　利　（对林达）还是怨气，看见了吗？

比　夫　拉拉手吧，爸。

威　利　你休想拉我的手。

比　夫　我原来不希望就这样告别。

威　利　那没办法，你就得这样走。去吧。

　　　　　　〔比夫看了他一会儿，然后陡然转身走
　　　　　　上楼梯。

威　利　你这样离开家，我要你下地狱，永世也不得
　　　　翻身！

比　夫　（转身）你到底要我怎么样？

威　利　我要你知道，不管你在火车上，在山里，在平
　　　　原，不管你到了哪儿，你这一辈子就是叫你这点怨
　　　　气毁了的！

比　夫　不，不。

威　利　怨气，怨气，你就是这么毁了的！等到你无路
　　　　可走的时候，别忘了这是谁造成的。等到你在什么
　　　　铁路边上躺在那儿烂掉的时候，别忘了，别打算把
　　　　责任都推在我身上！

比　夫　我没有推在你身上！

威　利　我决不背这个黑锅，你听见了没有？

　　　　　　〔哈皮从楼上下来，站在楼梯最低处，

观察着。

比　夫　我说了半天就是这个意思。

威　利　（在桌旁椅子里颓然坐下，全力以赴地指责
　　　　比夫）你是要在我心口上扎上一刀——别当我不
　　　　知道！

比　夫　好吧，你这个两面派！那咱们就打开天窗说亮
　　　　话吧！

　　　　　　〔他从衣袋里抽出那截橡皮管子，放在
　　　　桌上。

哈　皮　你疯了——

林　达　比夫！（她上前要抓起橡皮管子，但比夫用
　　　　手把它按住）

比　夫　放在这儿，别动！

威　利　（不看）那是什么？

比　夫　你他妈的很清楚这是什么。

威　利　（无路可走，想逃掉）我没见过。

比　夫　你见过。这不是耗子搬到地窖子里去的！你要
　　　　拿它干什么，把你变成英雄？有了这个我就应该可
　　　　怜你？

威　利　我没听说过。

比　夫　不会有人同情你，听见了吗？没有人同情！

威　利　（对林达)你听听他这股怨气！

比　夫　不行，你今天得听听实话——究竟你是什么
　　　　人，我是什么人！

林　达　别说了！

威　利　怨气！

哈　皮　（走下来对比夫)你别再说了！

比　夫　（对哈皮)这个人不明白我们是什么！我要让
　　　　他知道！（对威利)在这个家里我们没说过十分钟
　　　　实话！

哈　皮　我们一向说实话！

比　夫　（转向他)嗨，你这个大骗子，你是助理采购
　　　　员吗？说实话你不过是助理采购员手下的一个伙
　　　　计，对不对？

哈　皮　那，我已经差不多——

比　夫　差不多，你差不多什么谎话都说过了！我们都
　　　　一样！现在我够了！（对威利)你好好听着，威利，
　　　　这就是我。

威　利　我知道是你。

比　夫　你知道为什么我三个月没有地址吗？我在堪萨

斯城偷了一身衣服，蹲了三个月监狱！（对一旁抽泣的林达）不用哭，我够了！（林达转身背向他们，手捂着脸）

威　利　大概这也得怨我！

比　夫　从中学毕业，我每次有个好差事都是偷东西叫人开除的！

威　利　这怨谁呢？

比　夫　而且我一事无成，因为从小你就往我脑子里灌，我怎么了不起，结果叫我在谁手底下听喝我都受不了！你说这怨谁？

威　利　行了，我听见了！

林　达　别说了，比夫！

比　夫　你他妈的早就该听听！我到哪儿都得在两个礼拜之内当上头儿，现在我够了！

威　利　那你就上吊去吧！你这一肚子怨气，上吊去吧！

比　夫　不！谁也不用去上吊，威利，今天我手里拿着钢笔跑下十一层大楼。忽然之间我停住了，你听见了吗？就在那所办公大楼的中间，你听见了吗？我站在大楼中间往外一看——我看见了天。我看见了我在世界上真正喜欢的东西。干活，吃饭，有时间休息，抽一根烟。我又看了看钢笔，我问我自己，我拿这个玩意儿干什么？我干吗一定要干我不愿意干的差事？我跑到人家办公室干什么，低声下气求人家赏饭吃？其实我想干的活儿就在外面，只要我敢说，我看清了我自己是什么人！为什么这句话就那么难于出口呢，威利？（他迫使威利正面对着他，但威利挣脱了，走向左面）

威　利　（恶狠狠地威胁）你本来前途无限，到处的门都为你敞开着！

比　夫　爸，我这样的人不值钱，一毛钱一堆，你也一样！

威　利　（转向他，爆发）我不是一毛钱一堆！我是威利·洛曼，你是比夫·洛曼！（比夫朝威利冲过去，被哈皮拦住，在狂怒之下，比夫好像是要去打父亲）

比　夫　我不是当领袖的材料，威利，你也不是。你一向不过是个东跑西颠的推销员，最后叫人扔在垃圾堆里，跟别的推销员一样！我干一个钟头就值一块钱，威利！我跑了七个州也没多挣一点。一个钟头一块！你明白我的意思吗？我往后不会拿着优胜奖杯回家来，你也别在家里等了，死了心吧！

威　利　（直冲着比夫）你这个一肚子仇恨、怨气的混蛋！

　　　　　　〔比夫从哈皮身旁挣脱。威利恐惧地往
　　　　　　　楼梯上走。比夫抓住他。

比　夫　（愤怒到了高潮）爸，我什么都不是！我什么都不是，爸！难道你还不明白？我这不是怨气，我就是我，别的什么也不是。

　　　　　　〔比夫的愤怒发泄光了，他垮了，抽泣
　　　　　　　着，抓着威利。威利说不出话来，茫
　　　　　　　然地想摸比夫的脸。

威　利　（意外）你这是怎么了？怎么了？（对林达）他哭什么？

比　夫　（哭着，不能自持）老天爷呀，你们就让我去吧。把那套骗人的梦拿走、烧掉吧，不然还要出事！（努力控制自己，挣脱开威利，朝楼梯走去）我明天一早就走。让他上床吧——让他上床吧。

（比夫筋疲力尽，走上楼梯，回自己屋去了）

威　利　（长时间的停顿后，刚才发生的事使他意外，也使他振奋）这怎么——怎么想得到呢？比夫——他对我有感情！

林　达　他爱你，威利！

哈　皮　（深受感动）一向如此，爸。

威　利　哦，比夫（瞪大眼睛）他哭了！他对我哭了。（他情感澎湃，说不出话来，然后大声宣告他的预言）这孩子——这孩子将来前途无限！

　　　　　　　　　　〔本在厨房外光圈中出现。

本　对，前程万里，有两万块钱撑他的腰。

林　达　（感觉到他脑子里又乱了，害怕地、小心翼翼地）现在上床吧，威利。一切都解决了。

威　利　（巴不得马上跑出这所房子去）对，睡觉去。走吧。睡觉去吧，哈皮。

本　要想征服原始森林就需要了不起的人。

　　　　　　　　　　〔本的抒情的音乐主题出现了，但是现在带着一种不祥的调子。

哈　皮　（搂着林达）我就要结婚了，爸，别忘了。我一定重新做人。今年年底以前我一定要当上我们那

个部门的头儿。你看着吧，妈。(他吻林达)

本　　原始森林里暗无天日，可是有的是钻石，威利。

　　　　　　　　〔威利转身，走了两步，听着本的话。

林　达　　好好干吧。你们都是好孩子，就是得好好干，
　　　　就行了。

哈　皮　　明儿见，爸。(他上楼去了)

林　达　　(对威利)走吧，亲爱的。

本　　(加重语气)不入虎穴，焉得虎子。

威　利　　(对林达，同时慢慢地沿着厨房的边移动，
　　　　朝门口走)我就是想静一会儿，林达。让我一个人
　　　　坐一会儿。

林　达　　(差一点把她的恐惧说出口来)我要你上
　　　　楼去。

威　利　　(抱住她)过几分钟就来，林达。我现在睡也
　　　　睡不着。你去吧，你那样儿累坏了。

　　　　　　　　　　　　　　〔他吻她。

本　　跟那种约会可不一样。钻石捏在手里又糙又硬。

威　利　　去吧，我马上就上来。

林　达　　我看也只有这样了，威利。

威　利　没错儿，这是最好的办法。

本　最好的办法！

威　利　只有这么办。一切都会变得——去吧，亲爱的，上床去吧。你那样子累坏了。

林　达　马上就上来。

威　利　两分钟。

　　　　　〔林达走进起居室，然后在她的卧室中出现。威利走到紧靠厨房的门外。

威　利　爱我。（诧异地）一向都爱我。这谁想得到？本，这之后他得崇拜我！

本　（许诺地）那里暗无天日，可有的是钻石。

威　利　等他兜里有了两万块钱，你想想他得多么出类拔萃！

林　达　（从卧室中叫）威利！上来吧！

威　利　（向着厨房里）是喽！来啦！这一招实在是太妙了，你看出来了吧，亲爱的？连本都看出来了。我得走了，宝贝儿。再见，再见！（走到本身旁，几乎是手舞足蹈）你想得到吗？等通知信一来，他就又走到伯纳德前头去了！

本　从各方面说，都是好主意。

威　利　你看见他怎么对我哭了吗？哦，我要是能亲亲他多好，本！

本　没有时间了，威廉，时间！

威　利　噢，本，我一向深信不疑，早晚有一天我们爷儿俩能干大事。比夫跟我！

本　（看表）要开船了。我们要迟到了。（他缓缓地退入暗影中）

威　利　（转身对着房子，诀别）孩子，到你下场踢球的时候，我要你一大脚踢到场子另一头去，然后一头冲进去就跑，冲撞的时候心要狠，不留情，因为这事关重大，孩子。（他转过身来，面对观众）看台上什么大人物都有，说不定就能出现你——（忽然，他发现只剩下他一个人了）本！本！我应该到哪儿……？（他忽然又四处搜索）本，我该怎么办……？

林　达　（喊他）威利，你上来不上来？

威　利　（害怕地抽了一口气，转过身来，好像是想叫她静下来）嘘——！（他转了一圈，好像是在寻路，各种噪音、人物、人声似乎都蜂拥而至，把他围住，他挥手驱赶他们，喊着：嘘——！
嘘——！忽然，轻微而高亢的音乐声使他停住
了。音乐越来越响，一直发展成令人难以忍受
的尖声。他踮起脚尖，绕过房子奔跑而
下)嘘——！

林　达　威利？

　　　　　　〔没有回答。林达等待着。比夫从床上
　　　　　　　起来，他还穿着平常的衣服。哈皮也
　　　　　　　坐起来。比夫站在那里，侧耳倾听。

林　达　（带着真正的恐惧)威利，回答我！威利！

　　　　　　〔我们听见一辆汽车启动，然后全速开
　　　　　　　走的声音。

林　达　不！

比　夫　（冲下楼梯)爸！

　　　　　　〔随着汽车疾驰而去的声音，音乐在一
　　　　　　　阵混乱的杂音中急骤收场，变成一根
　　　　　　　大提琴单弦的弹拨声。比夫慢慢地回
　　　　　　　到卧室。他与哈皮心情沉重地穿上外
　　　　　　　套。林达慢慢地走出自己的屋子。音

乐发展为丧礼进行曲，白天的树叶笼罩了一切。查利与伯纳德，穿着严肃，走上来敲厨房的门。他们走进厨房，比夫与哈皮正下楼梯进厨房。当他们看见林达掀门帘进来时，都静止不动。林达穿着暗色的丧服，手里拿着一小束玫瑰花。她走向查利，挽住他的胳膊。全体朝观众走来，穿过了厨房的墙线。在台口边缘，林达放下花束，跪下，坐在自己脚跟上。大家低头望着坟墓。

安魂曲

查　利　天要黑了，林达。

　　　　　　　　［林达没有反应。她呆视着坟墓。

比　夫　怎么样，妈？也该休息一下了。人家就要关
　　　门了。

　　　　　　　　［林达依然没有动。停顿。

哈　皮　（带着深深地愤慨）他没有权利这么干。也没
　　　有必要。我们都会帮他的。

查　利　（哼了一声）嗯。

比　夫　走吧，妈。

林　达　为什么没有人来？

查　利　丧礼还是挺体面的。

林　达　可是他那些老相识都哪儿去了？也许他们都怪

罪他。

查　利　不会，这是个无情无义的世界。没有人怪
　　　　罪他。

林　达　我不明白，尤其是现在。我们三十五年来头一
　　　　回眼看就谁的也不欠，都清了。他只要有一点点工
　　　　资就都够了。他连牙科医生的账都付清了。

查　利　谁也不能有一点点工资就都够了。

林　达　我不明白。

比　夫　我们过过不少好日子。他出去跑码头回来的时
　　　　候，或是礼拜天，盖门廊，修理地窖子，建造那个
　　　　新门道，添造一间洗澡间，还有盖汽车房。你知道
　　　　吗，查利，对他说，那个门廊他花的心血比他一辈
　　　　子卖的货都多。

查　利　我知道。他这个人能搅和水泥的时候最高兴。

林　达　他的手可巧呢。

比　夫　他错就错在他那些梦想。全部，全部都错了。

哈　皮　（几乎要和比夫打架）不许这么说！

比　夫　他始终不明白自己是什么人。

查　利　（制止了哈皮的动作和回答。对比夫）可不敢
　　　　怪罪这个人。你不懂啊，威利一辈子都是推销员。

对推销员来说，生活没有结结实实的根基。他不管拧螺丝，他不能告诉你法律是什么样，他也不管开药方。他得一个人出去闯荡，靠的是脸上的笑容和皮鞋擦得倍儿亮。可是只要人们对他没有笑脸了——那就灾难临头了。等到他帽子上再沾上油泥，那就完蛋了。可不敢怪罪这个人。推销员就得靠做梦活着，孩子。干这一行就得这样。

比　夫　查利，这个人始终没有明白自己是什么人！

哈　皮　（愤然）不许你这么说！

比　夫　你何不跟我一块走呢，哈皮？

哈　皮　叫我认输没那么容易！我要在这个城市待下去，我要在这场大骗局里压倒对手！（看着比夫，咬着牙）洛曼兄弟！

比　夫　可我认清了我自己是什么人！

哈　皮　那好吧，老兄，我要叫你，叫所有的人看看，威利·洛曼没有白死。他的梦是好梦，人只有这一个梦好做——压倒一切，天下第一。他这一仗是在这儿打的，我就要在这儿替他打赢。

比　夫　（失望地看了哈皮一眼，弯身对母亲）咱们走吧，妈。

林　达　我马上就来。先走一步吧，查利。（查利有些犹疑）我要这样，只要一分钟。我还没得机会跟他告别呢。

　　　　　　〔查利走开了，哈皮跟在后面。比夫留在林达的右后方，稍有一段距离。她坐在那里，努力使心情平静下来。长笛声开始，并不远，一直衬托着她的话。

林　达　原谅我吧，亲爱的。我哭不出来。我不知道为什么，可我哭不出来。我不明白，你到底为什么要这样？帮助我吧，威利，我哭不出来。我总觉得你又去跑码头了。我总在等你回来。威利，亲爱的，我哭不出来。你为什么要这样呢？我想找原因，我找啊，找啊，可我还是不明白，威利，我今天付清了房子最后一期款项。今天付清的，亲爱的。可是家里没有人了。（哽咽）都清了，咱们自由了，（哭得痛快了，也觉得解脱）自由了，（比夫慢慢地走向她）自由了……自由了……

　　　　　　〔比夫搀她站起来，扶着她自右方下。

林达轻声哭泣着。伯纳德与查利走到一处，跟在他们后面，哈皮跟在最后。在暗下去的舞台上只听得见长笛的乐声，而与此同时压在这所房子上空的公寓大楼的无情的高层建筑变得轮廓格外清楚。

幕　落

Arthur Miller
DEATH OF A SALESMAN

Copyright © Arthur Miller，1949
Copyright renewed © Arthur Miller，1977
All rights reserved

图字：09‐2018‐1300 号

图书在版编目(CIP)数据

推销员之死/(美) 阿瑟·米勒（Arthur Miller）
著；英若诚译. —上海：上海译文出版社，2020.7（2025.10 重印）
（阿瑟·米勒作品系列）
书名原文：Death of a Salesman
ISBN 978‐7‐5327‐8303‐8

Ⅰ.①推… Ⅱ.①阿…②英… Ⅲ.①话剧—剧本—
美国—现代 Ⅳ.①I712.35

中国版本图书馆 CIP 数据核字(2020)第 075684 号

推销员之死	Arthur Miller	出版统筹　赵武平
	阿瑟·米勒 著	责任编辑　邹　滢
Death of a Salesman	英若诚 译	装帧设计　周安迪

上海译文出版社有限公司出版、发行
网址：www.yiwen.com.cn
201101 上海市闵行区号景路159弄B座
浙江中恒世纪印务有限公司印刷

开本 787×1092 1/32 印张 7.25 插页 5 字数 72,000
2020 年 8 月第 1 版 2025年10月第 9 次印刷

ISBN 978‐7‐5327‐8303‐8
定价：52.00 元